O Segredo da Livraria de Paris

LILY GRAHAM

O Segredo da Livraria de Paris

4ª reimpressão

TRADUÇÃO: Elisa Nazarian

Copyright © 2018 Lily Graham

Publicado originalmente na Grã-Bretanha em 2018 pela Storyfire Ltd. (Bookouture).

Título original: *The Paris Secret*

Todos os direitos reservados pela Editora Gutenberg. Nenhuma parte desta publicação poderá ser reproduzida, seja por meios mecânicos, eletrônicos, seja via cópia xerográfica, sem a autorização prévia da Editora.

EDITORA RESPONSÁVEL
Rejane Dias

EDITORA ASSISTENTE
Carol Christo

PREPARAÇÃO DE TEXTO
Carol Christo

REVISÃO
Samira Vilela
Julia Sousa

CAPA
Diogo Droschi (sobre imagem de ©Drunaa / Trevillion Images)

DIAGRAMAÇÃO
Larissa Carvalho Mazzoni

Dados Internacionais de Catalogação na Publicação (CIP)
Câmara Brasileira do Livro, SP, Brasil

Graham, Lily
  O segredo da livraria de Paris / Lily Graham ; tradução Elisa Nazarian. -- 1. ed.; 4. reimp. -- São Paulo : Gutenberg, 2023.

  Título original: *The Paris Secret*

  ISBN 978-85-8235-633-3

  1. Ficção inglesa 2. Paris (França) - Ficção 3. Guerra Mundial, 1939-1945 - Paris (França) I. Título.

  21-32678   CDD-823

Índices para catálogo sistemático:
1. Ficção : Literatura inglesa 823

Iolanda Rodrigues Biode - Bibliotecária - CRB-8/10014

A **GUTENBERG** É UMA EDITORA DO **GRUPO AUTÊNTICA**

São Paulo
Av. Paulista, 2.073,
Horsa I Sala 309 . Bela Vista
01311-940 . São Paulo . SP
Tel.: (55 11) 3034-4468

Belo Horizonte
Rua Carlos Turner, 420
Silveira . 31140-520
Belo Horizonte . MG
Tel.: (55 31) 3465 4500

www.grupoautentica.com.br
SAC: atendimentoleitor@grupoautentica.com.br

Para minha mãe e meu pai,
com amor.

⤞ CAPÍTULO UM ⤝

A VELHA SENHORA NO TREM não parecia ser o tipo de pessoa que carregava um segredo sombrio ardendo no fundo do peito. Um segredo daqueles que se contorcem em volta do coração, apertando, pronto para explodir.

Mas ela carregava.

Um segredo que, caso ousasse dizê-lo em voz alta, faria com que muitos dos desconhecidos à sua volta ficassem sem fôlego, mesmo agora, depois de todos esses anos.

Aqueles desconhecidos jamais poderiam imaginar uma coisa assim escondida por detrás do rosto cansado da mulher sentada junto à janela fustigada pela chuva, ajustando firme no pescoço um xale de caxemira vinho, com os dedos avermelhados, retorcidos e doloridos pela súbita onda de frio.

Os jovens não pensam nos velhos desse jeito. Não veem as cicatrizes deixadas pelo tempo, os sofrimentos, as alegrias. Veem apenas o rosto inexpressivo da velhice.

Com certeza a moça de cabelos escuros, olhos cansados e uma maleta de notebook abarrotada balançando junto ao quadril, que se ofereceu para ajudar a acomodar a mala da senhora no maleiro no alto, não parou para pensar nela dessa forma. Se ao menos chegou a pensar nela, foi apenas como uma pessoa precisando de ajuda, ou alguém que provavelmente não se incomodaria se ela pegasse o lugar disponível ao seu lado, onde planejava dar uma olhada, em relativa paz, nas anotações para a palestra que daria no dia seguinte, jurando, como fazia semanalmente, que estava na hora de procurar um trabalho diferente.

A mala da velha senhora era azul cobalto, antiquada, coberta por adesivos de lugares distantes. A moça jogou o cabelo sedoso sobre o ombro, concentrada, enquanto erguia a mala para o lugar disponível sobre suas cabeças, usando um cotovelo para empurrá-la quando começou a escorregar. Quase se arrependeu da sua oferta de ajuda quando, por pouco, a mala não desabou sobre sua cabeça. Murmurou um palavrão, depois limpou a garganta quando viu que a senhora a olhava com o cenho franzido, fazendo uma tentativa desajeitada de se levantar para ajudar. "Já peguei, não se preocupe", disse, forçando um sorriso.

Por fim, ergueu a mala, enfiando-a entre uma grande lata de chocolates e uma bolsa de viagem cinza, e sentou-se, inflando as bochechas rosadas pelo esforço e soltando o ar. "Era mais pesada do que parecia. Não vá me dizer que a senhora está fugindo com as últimas joias dos Romanov?"

Os olhos verdes da mulher brilharam. "São só as minhas memórias. Quanto mais velha a pessoa, mais pesadas elas ficam. Especialmente quando estão emolduradas."

A moça riu, exibindo dentes muito brancos e perfeitos.

Ao redor delas, as pessoas ainda embarcavam no trem de Moscou, os óculos embaçados pelo súbito calor de dentro do vagão, puxando malas de rodinhas, os rostos acusando o misto de excitação e resignação que marcava a maioria dos viajantes que tinham pela frente uma longa viagem com destino a Paris.

Pelo alto-falante, uma gravação anunciou que o trem partiria nos próximos minutos.

A moça se acomodou em seu assento e esfregou o pescoço, vítima dos travesseiros duros como tijolos do hotel sem charme onde a haviam colocado, perto do escritório de Moscou. Abriu o notebook e pegou os fones de ouvido, que planejava usar para afastar qualquer distração enquanto se concentrava em seu trabalho. Mas ficou intrigada, curiosa, apesar de suas melhores intenções, ao refletir sobre as palavras da mulher. Virou-se para ela e perguntou: "A senhora viaja com suas fotografias?".

A velha concordou com a cabeça, a mão levemente trêmula prendendo atrás da orelha uma mecha solta de cabelo branco e macio que havia escapado do coque na nuca. Suas unhas, lixadas e arredondadas, eram cor de pérola. Havia no ar um leve toque de perfume floral, agradável e caro.

"Gosto de manter as pessoas que amei por perto, onde quer que eu vá."

Qualquer observação superficial que passara pela cabeça da moça – assim como a sugestão de que a velha considerasse digitalizá-las no futuro – morreu antes de sair de sua boca. Aquelas palavras haviam tocado algo em seu íntimo: a dor estéril de sentir saudade de alguém que talvez você nunca mais veja, real demais desde a morte da mãe, dois anos antes. Mordeu o lábio inferior, como que para acomodar a emoção de volta, e disse: "Consigo entender isso, 'o lar onde quer que a gente vá', é... lindo".

A velha senhora balançou a cabeça. "Mas não é como se fosse a coisa em si. Acho que é por isso que estou voltando a Paris agora, depois de todos esses anos. Nem eu mesma consigo acreditar nisso."

A moça percebeu certo sotaque inglês misturado com algum outro, possivelmente francês. "A senhora é de Paris?", perguntou. "A propósito, me chamo Annie."

"Valerie", disse a mulher, seu rosto se transformando por um tipo de sorriso que mostrava a jovem escondida sob a passagem do tempo. Então, respondeu à pergunta de Annie. "Sou, acho que Paris é o meu lugar, embora tenha passado a maior parte da vida longe de lá. Andei viajando nos últimos anos, desde a morte do meu marido. Sempre quis conhecer a Rússia, e pensei 'bom, por que não agora?'. Mas já fui para tudo quanto é canto: Praga, Istambul, Marrocos... Ainda assim, sempre que penso nisso, percebo que Paris é meu lugar. Curioso, não é?"

Annie deu de ombros. "Nunca morei em nenhum outro lugar, então, para mim, lar é sempre uma casinha no interior de Kent. Quando isso é tudo o que você conhece, acho que fica mais fácil. Nem consigo me imaginar vivendo de fato em Paris: parece algo incrível. Baguetes sempre que você quiser, *croissants*, cafés espalhados por ruas calçadas com pedras, a moda..." Ela suspirou, os olhos brilhando ao imaginar o romantismo de viver na Cidade Luz, o amor. "Sempre quis ter coragem de me mudar para lá. Talvez, um dia..."

A mulher entendeu. "Eu também não conseguia me imaginar vivendo ali quando tinha a sua idade, mas foi quando me mudei sozinha para lá. Fiquei apavorada, na verdade, e não achava que algum dia me acostumaria. Eu não era exatamente uma pessoa elegante, era bibliotecária-assistente... Inclusive de corpo e alma, de pesados sapatos oxford e veludo cotelê, na maioria das vezes."

Annie sorriu. "Hoje em dia isso é moda – *nerd* chique?"

Valerie soltou uma risadinha gutural que desmentia sua idade.

"Então, o que fez a senhora decidir se mudar para Paris?", perguntou Annie.

Os dedos da mulher brincaram com um anel de sinete na mão esquerda.

"Eu precisava desesperadamente saber quem era minha família, e isso acabou sendo mais forte do que o medo."

O trem começou a se mover e a estação passou zunindo num borrão cinza e azul de homens e mulheres apressados para o choque súbito do verde e dourado do campo. Pelo alto-falante, veio o aviso de que havia lanches e bebidas no vagão do meio, com um cardápio de refeições quentes e frias.

Annie estava morrendo de vontade de continuar ouvindo, mas viu Valerie olhar para trás e ofereceu: "Café? Posso trazer para nós duas".

"Ah, seria ótimo", disse Valerie, abrindo a bolsa e estendendo uma nota. "Puro, por favor. Por minha conta."

"Muito obrigada", agradeceu.

Enquanto Annie abria caminho por entre cotovelos e joelhos, louca por uma dose de cafeína, Valerie pensava em seu passado. Como poderia evitar se, afinal de contas, era disso que se tratava a sua viagem? Finalmente, depois de todos aqueles anos, voltaria para onde tudo havia começado, onde toda a sua vida havia mudado.

Em parte, não conseguia conter sua agitação, a mesma de mais de quarenta anos atrás, quando fez uma viagem parecida com aquela pela primeira vez. Rodou o anel novamente, uma peça extravagante feita de latão e mau gosto, hábito nervoso que não conseguia evitar.

Annie voltou estendendo-lhe um copo de isopor cheio de café puro fumegante, exatamente como pedira; em seguida olhou para o anel de Valerie, mas não comentou nada.

Vendo onde o olhar de Annie havia pousado, Valerie levantou os ombros de leve, com ironia. "Pertenceu ao meu avô. É horroroso, mas gosto mesmo assim, porque foi dele", disse com uma risadinha sem graça, tomando um gole de café.

Annie fechou o notebook e também bebericou seu café. Estava curiosa em relação àquela mulher ao seu lado, apesar das boas intenções de revisar seu trabalho. Estava se distraindo, para dizer o mínimo. Sempre tivera fascinação por pessoas e suas histórias; às vezes, era impossível se segurar, como agora.

"A senhora disse que o motivo de ter ido a Paris era conhecer sua família? Eles eram franceses?"

Valerie acenou afirmativamente. "Fomos separados pela Segunda Guerra Mundial quando eu era bem criança. Me levaram para viver com uma parente distante, na Inglaterra. Disseram que era para a minha segurança. Não me juntei mais à minha verdadeira família, pelo menos não antes de me tornar adulta."

"Sinto muito", disse Annie, que não conseguia imaginar como aquilo deveria ter sido terrível.

Valerie encolheu os ombros. "Apenas mais uma vítima da guerra, imagino. O que muitos homens não perceberam depois de travar todas essas guerras é que, no fim, não existem vencedores de verdade, não mesmo: existem apenas vítimas, e elas continuam aparecendo muito tempo depois da guerra. Eu tinha por volta de 20 anos quando descobri que minha família ainda estava viva. Bom, um membro estava, seja como for."

"A senhora não sabia?", surpreendeu-se Annie.

"Não fazia ideia. Tinham me dito que estavam mortos. Fui criada pela prima da minha mãe. Para evitar confusão, me disseram para chamá-la de 'tia Amélie'. Ela havia se casado com um inglês, durante a guerra, meu tio John, e fui viver com eles. Depois da morte da minha mãe, me disseram que não havia mais ninguém vivo, só Amélie. Quando fiz 20 anos, ela achou que eu merecia saber a verdade. Só agora, depois de velha, é que talvez eu esteja começando a entender por que eles fizeram o que fizeram. Como pensaram que a mentira me pouparia da dor."

Valerie suspirou com tristeza.

"Para alguns, a verdade é um fardo, algo que nunca pode ser restaurado depois de solto – uma caixa de Pandora –, mas para mim foi o oposto. Foi uma âncora no passado que me deu uma sensação de pertencimento, mesmo que fosse um pertencimento doloroso de suportar."

Annie abaixou os fones de ouvido, deixando-os de lado. Teve a sensação de que não os pegaria de volta pelo resto da viagem.

"Então a senhora resolveu ir a Paris encontrar sua família? Descobrir por que tinham mantido em segredo que ainda estavam vivos?"

Valerie confirmou. "Era 1962, e embora já tenham se passado muitos anos, ainda consigo me lembrar de onde estava sentada quando embarquei no trem de Calais. Não peguei o assento da janela, na época", disse, com uma risadinha. "Havia neve no ar, e eu só conseguia ouvir as palavras de Amélie passando pela minha cabeça. *Não faça isso, Valerie. Não faça isso, por favor.* Mas eu precisava fazer."

"Ela não queria que a senhora fosse encontrá-los, mesmo depois de ter contado sobre eles?", perguntou Annie, franzindo a testa. "Por quê?"

Valerie girou o anel. "Era mais porque ela não queria que eu me decepcionasse. Afinal de contas, eu tinha sido abandonada. Ela não queria que eu esperasse um encontro de contos de fadas. Não queria que eu abrisse uma ferida que talvez jamais se fechasse. Mas eu não estava atrás de um conto de fadas. Só da verdade. Tinha que descobrir por que fizeram o que fizeram. Por que me mandaram para um país estranho, para ser criada por outra pessoa, uma estranha, na verdade, mesmo que fôssemos parentes distantes."

O trem acelerou, e Annie foi levada junto com ele pelas palavras da velha senhora, através da paisagem cáqui e dourada do campo, a caminho do passado.

✦ CAPÍTULO DOIS ✦

Paris, 1962

O apito soou conforme o trem deslizava para dentro da estação em meio ao nevoeiro e ao frio. Valerie esticou o pescoço para espiar pela janela, para além da mulher ao seu lado.

Paris.

Não conseguia acreditar que estava ali, que, no final das contas, tinha seguido em frente.

Passageiros endinheirados alongavam pernas e braços e vestiam casacos, cachecóis e chapéus que tinham tirado horas antes, em Calais.

Uma senhora murmurou: "Neve". Era possível sentir o cheiro no ar.

Valerie estremeceu dentro do casaco emprestado, embora a causa do tremor fosse mais o nervosismo que o frio.

Tinha uma aparência frágil, reforçada pelo pesado casaco de *tweed* que, enorme como uma barraca, cobria até seus pés e ainda cheirava a Freddy, que o havia colocado sobre seus ombros. Valerie aspirou fundo a mistura de loção pós-barba com algo que, de certo modo, sempre a fazia se lembrar de casa. Antes de subir na balsa, ele tinha encostado a cabeça em sua testa e dito: "Você não precisa fazer isso; você sabe, não sabe? Poderíamos ter nossa própria aventura aqui, só você e eu".

Ela concordou com a cabeça, com um nó na garganta, porque tinha que ir. Se não fizesse isso agora, jamais faria.

Fechou os olhos. Pensar em Freddy não ajudaria. Por debaixo do casaco disforme, usava o cardigã fino, rosa, com um buraco no cotovelo esquerdo e os botões de pérola esmaecidos que tia Amélie havia costurado nele quando Valerie tinha 13 anos. Até então, não havia se preocupado com sua falta de estilo.

Tirou do maleiro a velha mala da tia, amarrada com barbante para não abrir. À sua frente, uma mulher com uma elegante echarpe de seda a olhou de cima a baixo, parecendo cobrir com algo semelhante a pena seu casaco usado e os desajeitados sapatos marrons. Valerie desviou o olhar, tocou a carta dobrada no bolso do casaco, sentiu a ponta aguda do envelope – transformada em dobra arredondada e macia por seus dedos nervosos – e juntou coragem; era *por isto* que estava ali. Não havia tido tempo de conseguir algo estiloso. Não que tivesse dinheiro para tanto; as coisas estavam difíceis ultimamente.

Com o queixo ligeiramente erguido, abriu a mala, tirou o casaco, vestiu mais um pulôver e enrolou um cachecol tricotado à mão ao redor do pescoço. Se estivesse nevando, estaria preparada. Mesmo que não estivesse preparada para mais nada.

***

Ele tinha enviado um mapa, juntamente com a carta. Havia sido um gesto delicado da parte dele. Mais tarde, Valerie percebeu o quão peculiar esse gesto era também; dava um aperto no peito pensar que seu parente vivo mais próximo precisava enviar um mapa para que ela o encontrasse.

Mesmo assim, eles se reuniriam em breve. Isso era o mais importante.

O trabalho ajudaria. Ela tinha mais sorte do que a maioria das pessoas. Além disso, o anúncio dizia não ser necessário experiência, apenas amor pelos livros. Bom, estavam falando dela, não estavam? Como bibliotecária qualificada e antiga livreira, Valerie tinha fugido para os livros da mesma maneira que algumas mulheres fogem para os braços de homens: mergulhando de cabeça e sem colete salva-vidas.

As palavras de Amélie ainda ressoavam em sua cabeça. "Mas Valerie, isso não é como uma história de um dos seus livros. Não tenho certeza de qual vai ser a reação dele quando descobrir. Vincent Dupont sempre foi um homem temperamental. Pode ser que ele não reaja da maneira que você espera quando chegar lá."

Não tinha importância, não mesmo, pensou Valerie. Além disso, as pessoas que não liam pensavam que todas as histórias eram contos de fadas. Não eram. As corretas ensinavam quem você poderia ser se tentasse, se pelo menos saísse da sua zona de conforto, da segurança e do conhecido. A única coisa de que ela precisava naquele exato momento era coragem.

Ao sair da estação e passar pelo amontoado de gente, teve sua primeira visão de Paris e sentiu uma agitação alegre. Era como se tivesse uma bolha efervescente flutuando sob os pés, tornando seus passos mais leves e mais ousados, espantando o cansaço da viagem. Apesar do frio, havia um toque dourado no ar, como borbulhas de champanhe, e isso dava aos prédios um brilho âmbar rosado.

Da última vez que estivera ali, tinha 3 anos de idade e correra pelas ruas com sua tia ao sair da cidade. Se fechasse os olhos, quase conseguia se lembrar. A maneira como seus pés batiam nas pedras do calçamento, os aflitos olhos cinza da tia, a pressão da mão dela contra seu braço, firme e implacável, mesmo quando Valerie gritava que estava cansada. Enquanto corriam, ela pôde ver um grupo de soldados uniformizados entrando na rua ao longe. Amélie parou e Valerie deu um encontrão em suas pernas. A tia, então, virou-se rapidamente e lhe disse para ficar quieta, que elas precisavam ir por outro caminho. Agora. Quando ela hesitou, seu braço foi puxado bruscamente. Havia lágrimas nos olhos de Valerie, mas ela não chorou mais, apenas fez o que Amélie mandou. *Vite*. Rápido.

Valerie não sabia se aquilo era uma lembrança ou simplesmente uma invenção de sua mente a partir do que Amélie lhe contara. Mas parecia real.

Seguiu pela Rue des Arbres, passou por construções com estátuas nas fachadas e por cafés com mesas que, mesmo no sol frio de outono e com previsão de neve fora de época, se espalhavam pelas calçadas, trazendo o perfume de café *noir* recém-coado, de baguetes, e o som das pessoas.

Dirigiu-se para a região de Saint-Germain-des-Prés, espaço de artistas e vagabundos que, nos últimos anos, tinha sido adotado por escritores e feministas, pensadores revolucionários e amantes do jazz, formando um caldeirão de culturas.

Apesar do mapa, logo ela se viu perdida, caminhando ao longo do sinuoso Sena, maravilhando-se com tudo o que via, apesar de não ter ideia de onde estava. Quarenta e cinco minutos depois, encontrou a livraria, enfiada entre um bistrô e uma floricultura, na Rue des Oiseaux. Chamava-se Gribouiller: "rabiscar". Um toque de fantasia que, mais tarde, ela acharia improvável, na melhor das hipóteses, ou sarcástico, na pior.

Hesitou diante da porta maciça de madeira, cor de ovo de pato, espiando pela janelinha em que as letras douradas do nome da loja estavam gravadas, esmaecidas pelo tempo. Girou a maçaneta de latão e o sino acima da porta tilintou.

Dentro, um facho de luz se infiltrava pela janela e incidia sobre um velho de cabelos de algodão, sentado num canto junto a uma grande escrivaninha de mogno abarrotada de livros, cartas e cinzeiros transbordantes. Fumava, e não levantou os olhos, apenas acenou com uma mão magra, os dedos manchados de marrom por causa dos cigarros. "Um franco pelos livros novos, cinquenta centavos pelos velhos. Fique à vontade", disse, numa voz rouca.

Valerie hesitou, ciente do barulhão que seus pesados oxford faziam no empoeirado chão de madeira. Parou o mais perto que se atreveu da escrivaninha, os olhos contemplando as fileiras de prateleiras brancas personalizadas e as pilhas confusas de livros, que lutavam para se posicionar em cada centímetro da loja. Seu coração batia forte agora que estava ali. Agora que não tinha volta. "*Bonjour, monsieur*. Estou aqui pela vaga."

"Vaga?", disse ele, franzindo a testa sem mover o olhar do livro-caixa à sua frente. Piscando os olhos azuis e lacrimosos, tirou os óculos de aro de metal e os colocou sobre a mesa com um pequeno e audível suspiro, relutante em deixar seu trabalho.

"De livreira."

O homem levantou os olhos e, por fim, reclinou-se em sua poltrona marrom. Havia um rasgo do lado, expondo o estofamento. Interrompeu a tragada no cigarro e olhou para ela através do redemoinho cinza-azulado de fumaça, intrigado, como se o que visse também não parecesse esclarecer grande coisa.

"Você é inglesa", disse depois de um tempo. Não era uma pergunta, mas uma simples confirmação de um fato.

"Sou", ela respondeu. Não pôde evitar, sua voz saiu ligeiramente mais aguda do que pretendia. Limpou a garganta. "Escrevi para o senhor faz um tempinho", disse, tentando fazer com que ele se lembrasse. Seu coração despencou com um pensamento indesejável: *será que ele tinha se esquecido?* Tirando a carta do bolso do casaco com dedos trêmulos, estava prestes a entregá-la. Não fazia mais do que uma semana, mas a carta tinha sido torcida, dobrada e lida tantas vezes que parecia fazer parte dela.

O velho franziu a testa e recolocou os óculos. Depois, deixou sua poltrona com um resmungo e aproximou-se para olhar Valerie adequadamente. O que viu não pareceu impressioná-lo; ela havia retirado o casaco, exibindo dois pulôveres e uma longa saia de veludo marrom. Ao lado dos sapatos de solado grosso estava a mala extremamente surrada.

O velho pareceu franzir ainda mais o cenho diante de seu cabelo loiro dourado e dos olhos verdes; depois, insinuou um breve aceno com a cabeça, embora não demonstrasse qualquer intenção de pegar a carta.

"Você é a moça, a acadêmica", disse, com uma fungada, apesar de seus olhos parecerem ligeiramente menos frios do que antes, Valerie pensou. Mas isso bem que poderia ser um truque da luz. Ele estalou os dedos, como que para avivar a lembrança, e uma pequena montanha de cinzas caiu no chão, próxima aos seus sapatos, deixando um polvilhado mesclado de cinza na superfície encerada. "Aquela... aquela com aquele... aquele artigo."

"'Os desafios da venda de livros durante a guerra: um estudo de duas cidades durante a Blitz e a Ocupação'", Valerie citou. "Sim. Sou Val..." Ela parou, depois se corrigiu rapidamente, falando mais alto: "Isabelle Henry". Deu o nome falso, esperando que ele não tivesse percebido o lapso. Falavam em francês. Ela sabia que ele não aceitaria outra possibilidade. Tinha sido advertida por Amélie.

"Vincent Dupont", ele disse, olhando brevemente, com um alçar da sobrancelha cinza, a mão dela estendida; seus lábios emitiram um "pff" baixinho. Ela puxou a mão rapidamente e sorriu, sem graça.

Olhou para ele buscando absorver tudo, do cabelo branco ao nariz longo que se arredondava ligeiramente na ponta, os olhos azuis penetrantes, absurdamente claros, as costas arqueadas, a calça e os mocassins beges, o cardigã esmeralda com reforços de couro nos cotovelos, na altura em que um livro, meio enfiado no bolso esquerdo, com a capa amarelo-claro e as pontas reviradas, se encostava no quadril.

Ele acenou levemente com a cabeça. "Vou te mostrar seu quarto. Não é grande coisa", avisou, conduzindo-a até um lance de escada, atrás da escrivaninha, que levava ao apartamento no andar superior e ao quartinho que ela usaria, o qual, segundo o anúncio, tinha uma cama de solteiro, uma pia e uma chaleira. Mais tarde ela deduziria que esta última era o toque final na intenção de uma hospedagem de luxo. Chá e açúcar não estavam incluídos; Monsieur Dupont não administrava uma instituição de caridade. Ela não se importou. Estava ali, finalmente: era o que importava.

Seu coração deu um ligeiro salto enquanto o seguia. A escada era ladrilhada de preto e branco e espiralava como uma pequena torre em concha. Para sua surpresa, Valerie descobriu que a reconhecia: podia se ver em um par de sapatos vermelhos que cintilavam ao sol, pulando seus degraus, quando criança. Arfou baixinho com a lembrança súbita e esquecida.

Uma lembrança daqui. Estendeu a mão até a parede para se firmar, notando, ao fazê-lo, que as paredes tinham mudado: costumavam ser brancas, mas agora eram cinza e descascadas, precisando de nova pintura. Costumava haver um corrimão de latão, mas ele também havia sumido, substituído por um anteparo barato, de plástico.

Sem perceber seu momento de choque e surpresa, a constatação progressiva de que havia estado lá antes, Monsieur Dupont virou-se para olhar para ela, estreitando os vívidos olhos azuis contornados de vermelho. "Você não vai mudar de ideia agora, vai? Mandei limpá-lo. Expliquei que você teria um quarto no apartamento sobre a loja. Nunca fiz com que parecesse o hotel George V naquela carta, tenho certeza", disse ele, num tom cansado e impaciente.

Ela sacudiu rapidamente a cabeça e apertou a mala, os nós dos dedos brancos, mostrando para ele o que Freddy chamava de seu sorriso megawatt. "Ah, não, está ótimo, obrigada, maravilhoso."

Ele olhou para ela, um tanto curioso por seu entusiasmo excessivo. "Você ainda não o viu."

Valerie corou ligeiramente.

Monsieur Dupont girou a maçaneta de latão e ela entrou em um pequeno apartamento banhado de luz, que incidia em um assoalho de madeira encerado num padrão espinha de peixe. As janelas eram grandes e davam para as ruas de Paris, com a torre Eiffel ao longe. Em frente à sala havia uma cozinha com uma mesa redonda e uma pequena prateleira que abrigava um tímido amontoado envelhecido de livros de culinária.

Ele lhe mostrou o banheiro, depois o caminho até um quarto minúsculo na extremidade oposta do apartamento. Destrancou a porta e a abriu com um pouco de força. Dentro, o ar cheirava a mofo e falta de uso. Havia uma cama de solteiro coberta com uma colcha de retalhos, um guarda-roupa infantil, uma pia minúscula no canto, ligeiramente enferrujada, e, em um banquinho baixo na ponta da cama, ao lado de uma lasca de janela, a infame chaleira com uma caneca e uma colher de chá. Se abrisse os braços, ela conseguiria tocar as paredes dos dois lados. "Está bom, *merci*", disse.

Ele fez um ruído de concordância. "Vou deixar você desarrumar a mala antes de começarmos a trabalhar. A loja abre seis dias por semana, com um intervalo para o almoço às 14h, depois volta a funcionar das 17h às 21h. Isso é um problema?"

Ela fez que não com a cabeça.

Ele acenou e se virou para sair; depois, inclinou-se para ela com a testa franzida, e ela se perguntou se talvez, por um momento, ele finalmente a reconhecera. Mas então ele disse: "Peixe?".

"Peixe?"

"Você come peixe?"

Ela assentiu. Ele saiu, dizendo "*Bon*, jantar".

Ela se sentou na cama, tentando acalmar seu coração enquanto desenrolava o cachecol grosso de lã, olhando o quartinho à sua volta.

Ele não a reconhecera. Por um momento, quando prendeu a respiração, pensou que ele tinha percebido quem era, visto algo familiar em seus olhos, em seu sorriso. Mas não.

Respirou fundo, repreendendo-se pelos pensamentos românticos. Fazia dezessete anos que ele não a via, e ela nem lhe dissera seu nome verdadeiro. Agora, suspeitava que, se tivesse dito, havia grandes chances de que tia Amélie estivesse certa: ele a *teria* posto para fora.

✦ CAPÍTULO TRÊS ✦

Três semanas antes
Londres

O anúncio para o cargo de livreira na Gribouiller era uma coisa mínima comparado ao anúncio para um cargo em uma fábrica de geleias em Lyon, ou outro para costureira em Montmartre, e tinha apenas três linhas. Mas, para Valerie, poderia ter sido igualmente escrito em letras maiúsculas na primeira página; o nome da livraria saltou aos seus olhos e fez seu coração parar.

Freddy o havia tomado dela, colocando o jornal sobre a grudenta mesa de madeira dentro do bar de esquina favorito deles, que sempre cheirava a sidra velha e ovos escoceses. "Não", ele avisou.

Ela levantou o rosto, seus olhos verdes encontrando os dele, castanhos escuros. Os dela tinham aquele olhar. Um olhar que ele reconheceu, e então resmungou: "Sabia que deveria ter guardado isso comigo".

Ele tinha descoberto o aviso por acaso, em um exemplar da semana anterior do *Le Monde*. Agora, desejava não tê-lo mostrado a ela.

Ela deu um sorriso relutante, apesar do fato de que tudo parecia estar saindo do eixo depois de ver o aviso. "Você não se atreveria."

Ele enfiou a cabeça nas mãos, fazendo seus revoltos cabelos castanhos ficarem ainda mais despenteados do que o normal. Freddy tinha uma aparência de moleque que o acompanharia até o fim dos seus dias. Era isso que fazia dele um jornalista tão bom; ninguém o levava a sério, até ser tarde demais. "Não", ele admitiu. Freddy era o primeiro a reconhecer que, no que dizia respeito a Valerie, era impossível ter uma perspectiva.

Ela virou de uma vez o restante da cerveja morna dele, fez uma careta e se levantou, fazendo uma saudação e preparando-se para deixar o calor do bar. "Preciso tomar um pouco de ar, pensar nisso", dissera, mesmo fazendo pouco mais de dez minutos que haviam se sentado.

Freddy olhou para ela, confuso. "Bom, te vejo mais tarde então, certo?"

Ela concordou vagamente. Só conseguia pensar nas palavras do anúncio, que reverberavam em seu crânio como a batida de um tambor:

Procura-se atendente de livraria, fundamental adorar ler, não é necessário experiência, quarto disponível com <u>chaleira</u>.

Tinha parecido um sinal. Uma entrada.

Saiu do bar, aturdida, e caminhou pelas ruas do norte de Londres debaixo de chuva. Passou aquela noite esboçando a carta, dizendo tudo ao avô, menos a verdade: seu interesse por literatura francesa, seu amor pela leitura, seu sonho em passar um ano no exterior, a oportunidade que tal cargo lhe daria para completar seus estudos, e o ensaio ficcional que estava escrevendo sobre a venda de livros durante a Segunda Guerra Mundial. Apelou para o orgulho francês dele, afirmando ter certeza de que tinha sido mais difícil durante a Blitz do que durante a Ocupação. Algo lhe dizia, pelas explicações de tia Amélie sobre seu temperamento, que isso poderia ajudar a garantir, no mínimo, uma resposta, mesmo que fosse grosseira. Decidiria o que fazer depois, caso ele dissesse não.

Tinha feito muitas perguntas, queria saber se ele poderia aceitá-la sem uma entrevista prévia, já que a viagem a Paris seria de alto custo para ela, com seu salário de assistente da Biblioteca Britânica. Sugeriu que poderia trabalhar de graça na primeira semana como forma de ganhar experiência, oferecendo-se para cozinhar em troca do quarto, de informações sobre a loja durante a guerra e da passagem de volta para casa, se o arranjo não desse certo.

Esperou impacientemente pela resposta durante uma semana e meia, atacando a caixa de correio todo final de tarde, quando chegava do trabalho, mas nunca havia nada. Então começou a perder a esperança.

Freddy a olhou incrédulo quando ela contou o que havia feito. "Ah, Val, sua bobinha", ele disse, abraçando-a. "Uma experiência? Você realmente acreditou que ele cairia nessa?"

Ela fechou os olhos e se apoiou no braço enfiado no casaco, sentindo-se uma idiota. Freddy sempre lhe dizia que ela vivia em um mundo encantado, mas era o que ele mais gostava nela – seu eterno otimismo, a maneira como via o mundo do jeito que poderia ser, e não como realmente era, às vezes. No entanto, isso frequentemente significava que os resultados adversos eram bem piores. Como seu melhor amigo e vizinho de porta, tinha estado por perto vezes o bastante, no passado, para recolher os pedaços.

Ela era apaixonada por Freddy Lea-Sparrow desde sempre, desde o dia em que sua tia Amélie a apresentara ao vizinho de cabelos castanhos desgrenhados, rosto bronzeado e olhos sorridentes. Esse era um sentimento que ela nunca chegou a superar, ainda que, sendo vários anos mais velho, ela ficasse com o coração partido cada vez que ele aparecia com alguma nova garota, o que aconteceu muitas vezes enquanto crescia.

Mas essa frequência havia diminuído nos últimos anos, desde que seu trabalho como jornalista do *The Times* passara a exigir demais. Não havia muito tempo para uma vida amorosa quando se estava sempre em campo, atrás de uma história.

Agora, contudo, diante de suas palavras, Valerie sentiu como se uma pedra tivesse caído em seu estômago. Ironicamente, ela se perguntou se seria o peso da sua própria estupidez afundando lá dentro.

É *claro* que seu avô não daria uma chance a uma livreira inglesa desconhecida, deixando-a se mudar para seu apartamento. Quem daria? Por que todo esse esforço, quando ele poderia simplesmente contratar alguém que morasse na cidade, alguém que bastaria botar para fora se a coisa não funcionasse? Alguém que não pedisse tanto dele.

Foi por isso que não acreditou quando abriu a porta do apartamento naquele final de tarde e viu a carta à sua espera na caixa de correio. Ela a agarrou e a abriu rapidamente.

23 de setembro de 1962
Mademoiselle Isabelle,
Com certa apreensão, concordo com seus termos. Gostaria de dizer que é um acordo plausível, mas aprendi que não se deve jamais declarar, por escrito, coisas das quais a pessoa possa se arrepender. No mínimo, estou ansioso, da mesma forma que ficaria se encontrasse um cachorro com raiva, para conhecer o tipo de pessoa que acha que vender livros durante um bombardeio é mais desagradável do que durante a Ocupação Nazista de Paris. Considere minha oferta de emprego temporário, portanto, um dever patriótico.

Contudo, devo preveni-la: em relação ao cargo em questão, meus padrões são exigentes. São padrões franceses, aos quais você não está acostumada, vinda de um país com tão poucos padrões para reservar qualquer estoque. O resultado disso é que não prevejo que você vá durar muito. No entanto, fui convencido a ser magnânimo, porque ainda tenho que encontrar uma equipe adequada na cidade. É possível que ocorra um milagre e que possamos ser simpáticos um com o outro, mas tenho tanta fé em milagres quanto na cuisine inglesa. Devo preveni-la, também, de que o horário é extenso e o pagamento é abaixo do salário mínimo. Se isso for aceitável, fico satisfeito em oferecer um quarto (com chaleira). Devo enfatizar que não posso permitir que você cozinhe, como sugeriu. Sou um velho que já enfrentou o suficiente nessa vida, e não arriscarei a cuisine inglesa no inverno dos meus anos; tenho certeza de que meu corpo não suportaria isso. Caso seja aceitável, verei você na semana que vem, de acordo com a sua disponibilidade. Incluí um mapa.

Cordialmente,
Vincent Dupont

E foi assim que, numa terça-feira fria, Valerie entregou sua carta de demissão na Biblioteca Britânica e foi para casa contar aos tios que estava se mudando para Paris na semana seguinte, a fim de encontrar o avô, deixando-os chocados e tristes. Valerie sabia que, se lhes mostrasse a carta ou contasse seu plano de trabalhar para ele em segredo, apenas faria com que se preocupassem mais. Mas foi Freddy, de fato, quem mais se opôs.

"Você não pode simplesmente ir."

"Por que não?"

Ele arregalou os olhos. "E se ele for louco? Ele parece louco. E arrogante, e um pouco cruel, Val. E se ele te colocar na rua quando descobrir quem você é? Você vai estar sem dinheiro, abandonada em Paris. Não acho que seja uma boa ideia."

Ela olhou para ele, para os olhos castanhos e o cabelo desgrenhado que tinha amado durante a maior parte da sua vida. Faria qualquer coisa por Freddy, mas não isso. Não poderia ficar, não agora que tinha a chance de, finalmente, conhecer o avô, de saber sobre sua mãe, sobre seus pais.

"Tenho que ir, você não entende? Foi um sinal!"

"Foi só um anúncio."

"Que *você* achou, Freddy."

Ele fez uma careta. "Não me lembre."

Ela tocou seu braço. "Vai dar tudo certo."

Ele suspirou. "Sei que você vê a coisa desse jeito, como um sinal, mas por que não faz isso de um jeito sensato? Não dá para simplesmente ir correndo para lá, sozinha..."

"Por que não?"

"Porque o tiro pode sair pela culatra. Ele te abandonou por um motivo, Val. Sei que você quer um encontro de conto de fadas, mas não tenho certeza de que vá conseguir."

Suas palavras eram duras, muito parecidas com as objeções dadas por Amélie um dia antes. Os olhos de Valerie marejaram quando ele as disse. Aquilo era mais importante do que algum conto de fadas imaginário. Por que eles não conseguiam entender?

"Não estou indo até lá para ter um grande encontro ou para substituir quem eu tenho. Adoro meus tios, minha vida em Londres. Estou indo por *mim*. Quero respostas, Freddy, quero saber o que eles esconderam de mim a vida toda, e por que. Você não consegue entender isso!"

Freddy não entendia, e jamais entenderia. Seus pais sempre viveram na Simmonds Street, ao norte de Londres. Ele tinha nascido e sido criado naquela cidade, juntamente com o restante da sua família, todos vivendo a poucos passos da sua porta. Seus parentes mais distantes viviam em Edimburgo, e a mistura não passava disso. Freddy sabia tudo que havia para saber sobre si mesmo e sua família. Ele pertencia àquele lugar. Valerie era uma estrangeira, uma menina com um leve sotaque, mesmo agora, herdado dos seus primeiros anos aos cuidados da tia, quando falavam mais francês do que inglês. O resultado disso, apesar de a Inglaterra ser o único país que ela de fato conhecia, quando foi para a escola e arrumou amigos era sempre rotulada como a menina francesa, ainda que não soubesse nada além das noções básicas do lugar de onde realmente vinha.

Esse era um tópico que ela nunca era encorajada a abordar. "É passado", diria Amélie. Sempre que Valerie mencionava Paris, sua mãe ou a guerra, era a mesma coisa. As únicas histórias que Amélie compartilhava com ela sobre sua mãe eram as de quando era criança. Nunca ocorreu a Valerie que isso acontecesse porque ela nunca a conhecera de fato para poder contar mais coisas. Valerie só descobriria isso muito mais tarde, quando a verdade levantaria mais perguntas do que as respostas que ela tinha: sobre o motivo de ter sido mandada para morar com alguém que era, para todos os efeitos, uma *estranha*.

Havia dias em que ela se sentia inglesa, realmente se sentia, apesar de não ter sangue inglês. Sua inclinação para os livros, seus amigos, até seus interesses eram ingleses, e agora ali era seu lar. No entanto, ocasionalmente, havia aqueles pequenos momentos em que simplesmente não se sentia; quando a mentira desabava em seus ouvidos, quando ouvia música francesa ou a voz de uma mulher, algo revirava e apertava seu coração, fazendo-a visualizar *maman*. Uma mulher que lhe disseram para esquecer, uma mulher que lhe disseram para deixar no passado. Mas como poderia esquecer sua própria mãe? Como poderia deixar de tentar descobrir o que havia acontecido com ela? Por que suas vidas tinham mudado? Nem ao menos sabia como sua própria mãe tinha morrido; Amélie só dissera que ela tinha morrido na guerra, não do que, nem como. Todas as vezes em que perguntava, os lábios de Amélie cerravam-se como uma ostra. Se pressionada, dizia que não sabia, embora Valerie soubesse que não era verdade. Só o que de fato sabia sobre sua antiga vida era que seu avô possuía uma livraria em Paris, próxima ao rio, e que ele ainda estava vivo, e talvez tivesse as respostas, aquelas que ninguém mais lhe daria. Não era um conto de fadas, era uma busca, por sua história por seu passado.

Por fim, Freddy comprou a passagem.

✦ CAPÍTULO QUATRO ✦

Paris

Havia apenas uma única luz, sustentada por um fio, sobre as pilhas de livros espalhadas no chão empoeirado, alguns ainda em caixas, precisando ser postos nas prateleiras. Debaixo dessas pilhas havia o mesmo assoalho de madeira em espinha de peixe, igual ao do apartamento no andar de cima, embora coberto de arranhões. Vincent Dupont não via a poeira nem as caixas, muito menos as prateleiras transbordando. Não mais. Se visse, teria percebido o quanto precisava da garota que desfazia as malas lá em cima.

Sendo assim, estava decidindo se a perturbação valia ou não a pena. Havia algo no sorriso da menina, uma espécie de inocência, que cutucava uma coisa que ele supunha estar enterrada havia muito tempo, bem no fundo, algo que ele podia evitar naquele momento.

Resmungou e pôs-se a trabalhar sem entusiasmo, desempacotando uma das caixas grandes no chão, sua lombar latejando em protesto. Em questão de minutos, Vincent Dupont conseguia localizar qualquer um entre os milhares de romances que guardava em sua loja. Ou, pelo menos, era assim que costumava ser. Agora, as coisas levavam mais tempo. A poeira começava a se acumular, e às vezes chegava uma nova encomenda que nunca mais seria encontrada.

O sino tilintou e ele levantou os olhos, franzindo o cenho. Soltou uma leve exclamação de impaciência e revirou os olhos, buscando um cigarro enquanto Madame Joubert entrava. Era uma mulher bonita, alta, de ombros largos, que parecia imponente com seus cachos vermelhos balançando e uma lufada glamorosa de perfume. Dupont se preparou para o que ela iria dizer.

"E?", ela perguntou, balançando-se em seus pés tamanho 42, os quais, como de costume, apesar da sua considerável altura, estavam acomodados em saltos altos.

"E o que?", ele rosnou. "Posso ajudá-la? A senhora realmente vai comprar um livro desta vez, madame?"

Madame Joubert riu com impaciência. "Dupont, não seja ranzinza. Ela está aqui?"

"Quem?", ele perguntou, embora, logicamente, soubesse muito bem a *quem* Madame Joubert se referia.

"Sua nova funcionária. Onde ela está?"

Ele deu de ombros, apontando na direção da escada com o cigarro. "Uma jovem inglesa com um espantoso senso de estilo está lá em cima, neste momento, desempacotando o que provavelmente deveria ser jogado no Sena. Se for a ela que você se refere."

"Dupont, seja gentil. Ela disse que era estudante. E vem da Inglaterra." Como se isso fosse uma desculpa. Madame Joubert era o tipo de pessoa que tinha dó de qualquer um que não tivesse o benefício de crescer em Paris.

Era ela quem dirigia a conhecida floricultura ao lado, e também quem havia sugerido que estava na hora de Monsieur Dupont contratar alguém para ajudá-lo. Ela o encontrara inconsciente no chão da loja certa vez, desmaio atribuído à baixa taxa de açúcar no sangue. O médico chamado ao local alertou que Monsieur Dupont precisava parar de fumar e procurar alguma ajuda na loja. O problema foi ter dito isso em frente a Madame Joubert, que parecia um cachorro com um osso. Por fim, Dupont concordou com apenas uma das duas coisas. Pararia de fumar depois de morto.

Madame Joubert o ajudou a colocar o anúncio para atendente de livraria no *Le Monde*. Depois de ele ter enxotado várias candidatas francesas, mostrando, mais tarde (com uma risada mordaz), a carta escrita por uma inglesa chamada Isabelle Henry, foi ela também quem o convenceu a arriscar. Alguém que conseguisse, intencionalmente, irritar um francês como aquele, com certeza — na opinião de Madame Joubert — tinha nervos de aço, e talvez não se assustasse com tanta facilidade quanto as outras. Uma qualidade essencial, ela pensou.

Madame Joubert tinha lido a carta da inglesa, escrita num perfeito francês escolar, e decidiu que alguém diplomado em biblioteconomia parecia um sinal dos céus. Ignorando os protestos de Dupont, disse-lhe que escrevesse de volta e concordasse com os termos dela.

"Vou ter que ouvir a voz dela, o que seria doloroso demais."

"Não seja ridículo", ela respondeu.

"Ela se ofereceu para cozinhar", disse ele, mostrando a carta e espetando as palavras da menina com um dedo nodoso. "De todas as mulheres em Paris que poderiam cuidar de mim, você quer que uma inglesa faça a minha comida?"

Madame Joubert caçoou. "Qual o problema, Dupont? Por acaso você janta todas as noites em restaurantes cinco estrelas? Não finja, meu querido, ser algum *gourmand*, quando todos os dias é uma baguete com o mesmo *fromage* e *jambon*, ou um *croissant* como café da manhã! Tenho certeza de que ela pode viver de acordo com esses padrões exigentes."

Ele resmungou, mas Madame Joubert saiu ganhando, é claro. Naquela noite ele escreveu para a menina inglesa, mas estabeleceu um limite quanto a cozinhar para ele.

Agora, é óbvio, arrependia-se de ter cedido. Ela tinha chegado, cativante e loira, os enormes olhos verdes parecendo que se encheriam de lágrimas ao mais leve palavrão. Como ele deveria lidar com isso? Além do mais, não podia olhar para ela. Lembrava-lhe demais sua filha Mireille, e isso bastava para fazê-lo querer caminhar até o Sena e se jogar lá dentro, embora jamais fosse contar isso a Madame Joubert, é claro.

Valerie não demorou muito para desarrumar a mala. Dois vestidos e outro par de oxford pretos. Algumas roupas de baixo, dois cardigãs, três blusas, uma saia de veludo cotelê, um par de chinelos, três pares de meias compridas e duas camisolas. Era esse todo o seu guarda-roupa no momento, e cabia facilmente nas duas primeiras gavetas da cômoda, sobrando bastante espaço. Guardou a mala debaixo da cama, depois se sentou no banquinho, colocando a pequena chaleira no chão, e olhou para o pátio lá fora. Além dele, podia ver o alto do telhado da construção vizinha. Até os telhados de Paris contavam uma história, pensou.

Valerie endireitou os ombros, jogou um pouco de água no rosto e desceu ao encontro do avô. Em vez dele, porém, encontrou o vultuoso corpo de Madame Joubert.

Clotilde Joubert ergueu as sobrancelhas arqueadas e acenou a mão com unhas esmaltadas de vermelho. "Ah, a moça inglesa", disse, abrindo bem os braços. "Bem-vinda."

Valerie sorriu enquanto a mulher se apresentava: "Meu nome é Clotilde Joubert. Tomo conta da floricultura ao lado. Soube que você era a nova vítima e pensei em vir me apresentar, para o caso de você precisar de uma testemunha confiável para a acusação".

Houve uma fungada insatisfeita vinda de Monsieur Dupont, que voltara a se sentar na cadeira atrás da escrivaninha e enfiava uma folha de papel em uma máquina de escrever azul-marinho, um cigarro pendurado nos lábios.

"Ignore-a. Todos nós ignoramos."

Madame Joubert deu de ombros. Valerie sentiu o aroma de flores e se perguntou se seria o perfume dela ou se o cheiro simplesmente irradiava dos seus poros. De qualquer maneira, era convidativo, e imediatamente gostou da mulher.

"Sou a Isabelle", disse Valerie. "Isabelle Henry."

"Nome francês?"

Valerie hesitou; deveria contar a verdade, que tinha nascido na França? Antes que pudesse decidir, Madame Joubert olhou sobre o ombro e viu a fila que se formava em frente a sua lojinha. "Me desculpe, preciso voltar. Só queria vir te cumprimentar. Venha a qualquer hora, quando precisar restaurar sua fé de que existe algo de bom neste mundo..."

Valerie conteve uma risada.

Houve mais um resmungo vindo do fundo da loja. "Essa aí passa tempo demais cheirando rosas, apodreceu seu cérebro."

Valerie sorriu. Dava para perceber que, apesar do que diziam, os dois eram amigos de verdade, ou o mais próximo possível disso.

Monsieur Dupont resmungou para ela começar a esvaziar algumas caixas e usar o selo com um grande G, de Gribouiller, no interior da capa. "O senhor não usa adesivos?", Valerie perguntou.

O olhar que ele lançou era páreo para o da Medusa. Ela tomou isso como um não e se pôs a trabalhar. Temeu, embora já fosse quase noite, que aquele fosse um longo dia.

⥽ CAPÍTULO CINCO ⥼

VINCENT DUPONT ERA O TIPO de homem que fazia jus a primeiras impressões. Sem dúvida causara uma em Valerie, e, durante a primeira semana dela na Gribouiller, ele se tornou ainda mais rabugento no decorrer dos dias, se é que era possível. Parecia que o período de gentilezas havia passado, especialmente quando se tratava do bom andamento da sua livraria e de qualquer ideia que ela pudesse ter para deixá-la melhor.

Ele se opôs, enrubescendo as bochechas cheias de veias azuis, quando ela começou a colocar nas prateleiras, em ordem alfabética, os livros que tinha começado a tirar de algumas das muitas caixas não abertas. Disparou da cadeira rapidamente, os olhos azuis indignados.

"*Non, non*! Vou te explicar o sistema. Funciona bem. *Attention*."

Foi assim que Valerie descobriu, em seu primeiro dia, o primeiro obstáculo no relacionamento deles: o sistema Dupont. Um sistema de organização no qual os livros eram arrumados de acordo com o fato de o autor ter ou não enlouquecido. A isso se seguia o ano de publicação, única concessão que ele fazia, uma vez que o tempo podia desculpar algumas coisas, mas não todas. "Ele não tinha conhecimento, então", disse, por exemplo, referindo-se a Émile Zola (neste caso a referência era sobretudo ao desdém do autor pela torre Eiffel, e não pelo seu trabalho, ele assegurou mais tarde), "mas Alexandre Dumas com certeza deveria ter", e um exemplar de *Os três mosqueteiros* (sua crítica se baseava sobretudo no tamanho e na tendência do livro para o suprarromantismo) foi atirado na lata de lixo, em protesto. (Uma Valerie bem chocada o espanou rapidamente e o colocou de volta na prateleira quando Dupont não estava olhando.)

"Floreado demais" era o trabalho de Molière, que foi para a seção "Enxaquecas", rotulada por Dupont num rabisco a lápis quase ilegível em um pedacinho de papel pregado na prateleira com um alfinete azul. A palavra estava sublinhada várias vezes com traços a lápis.

"Inglês demais" foi a única declaração para um volume fino da poesia de Wordsworth, colocado em uma seção chamada "*Anglais Fou*", inglês maluco. "É verdade, o campo é um bálsamo, *mon Dieu*, mas contenha-se, Monsieur Wordsworth, mantenha-se firme e tudo mais, *s'il vous plaît...*"

Ao que parecia, não tinha nada que desse mais prazer a Dupont do que irritar seus clientes.

Valerie gastou a saliva tentando explicar que, talvez, um sistema que não julgasse o gosto do leitor resultasse em melhores vendas – com certeza, antes de tudo, o principal objetivo de alguém ter uma livraria. A sugestão foi recebida com duas mãos erguidas, como que para remover suas palavras, um bufo e uma ladainha sobre o fato de que ele tinha a loja havia mais de quarenta anos, e era seu dever – por mais que fosse cansativo o manto da responsabilidade – tampar a crescente onda de estupidez nas ruas de Paris, a qual, ele alertou, aumentava dia a dia, incentivando seus fiéis clientes a evitar o apodrecimento dos seus cérebros com baboseiras.

E apesar de tudo, seus clientes, embora poucos, *eram* fiéis, Valerie não pôde deixar de notar. Corajosos também. Pareciam vir mais para a preleção de Dupont do que qualquer outra coisa.

Como o homem que saiu sorrindo, agarrando com orgulho seu exemplar de Jane Austen, *Razão e sensibilidade*, ainda que, na realidade, quisesse comprar o último livro sobre James Bond, de Ian Fleming.

Na hora do jantar, Dupont preparou truta com batatas assadas no que chamava de "molho de manteiga da peixeira", que consistia, principalmente, de manteiga com limão, e Valerie teve de reconhecer que estava delicioso.

"Receita da minha mãe; ela veio de Marselha", ele explicou quando ela perguntou. "Embora não fosse uma boa peixeira", ele disse, com uma risadinha que se reduziu a uma tosse.

No início, Dupont não entrava em detalhes a respeito da mãe, Margaux, a não ser para dizer: "Ela caiu em si e veio a Paris, deixando meu pai com seu vinho e suas mulheres no sul".

Valerie não soube o que dizer quanto a isso, senão impedir-se de exclamar que seu bisavô era um *mulherengo*.

"Mas ela tinha algum dinheiro dos pais. Foi assim que comprou este apartamento."

"Quantos anos o senhor tinha quando se mudou para cá?"

"Era um menino, 6 ou 7. Abri a loja antes de ter 14 anos."

"14?"

Ele deu de ombros. "Naquela época não era tão incomum, e a gente tinha o espaço."

"O senhor sempre quis ter uma livraria?", ela perguntou, imaginando-o um garotinho lendo livros às margens do Sena, conversando com estudantes da Sorbonne.

Mas ele apenas bufou. "O que mais eu ia fazer, abrir um bistrô?"

O que, vindo dele, era o máximo de confidências que ela poderia esperar.

***

No decorrer da semana, eles entraram em uma rotina. Monsieur Dupont acordava às 6 e chegava na loja às 7. Valerie fazia o café da manhã (ou pelo menos ele deixava para ela a tarefa de buscar os *croissants* na padaria na esquina), mas seu café era tomado com má vontade, assim como as baguetes preparadas por ela eram cutucadas, com relutância, antes de ele mordiscar as beiradas.

"Onde foi que você arrumou este *jambon*, no *marché*?"

Ela iria descobrir que o mercado era comparável ao diabo.

"Não, no açougue, naquele que o senhor recomendou."

Houve uma farejada. "Ele deve estar de folga."

Apenas um segundo depois: "A baguete...".

"O que há de errado com ela?", Valerie suspirou.

"Está amanhecida", ele respondeu, cutucando o centro mole, difícil de mastigar.

Valerie bufou. "Ela saiu do forno há dez minutos. Fiquei meia hora na fila esperando essa baguete."

Outra farejada. "Vai ver que devemos experimentar a padaria na Rue des Minuettes."

Experimentar uma padaria em outra rua era como afirmar que ele viajaria para a lua. Era também uma ameaça vazia.

Logo ficou suficientemente claro que, por mais que o tempo passasse, além da baguete esquisita, com a qual ele implicou, ele definitivamente não confiava nela na cozinha, mesmo com ela insistindo que tinha crescido com uma parente francesa, motivo que usou para explicar seu francês impecável.

"Pff, na Inglaterra?"

"O senhor já esteve na Inglaterra?", ela perguntou. "Acho que poderia ficar agradavelmente surpreso."

A afirmação foi recebida com um olhar de profundo deboche, como se ela fosse um gato doméstico tentando convencer um leão do quanto era feroz.

"Eu cresci em Londres", ela explicou. "A comida de lá é muito boa, talvez nem todos os restaurantes, bares e cafés sejam tão fantásticos quanto em Paris, mas com certeza existem alguns imbatíveis."

Para sua surpresa, no entanto, ele concordou, acenando com a mão num gesto de confirmação. "Ah, *oui*, Londres, isso é outra coisa, sim. *Dickens*", ele disse, admitindo com um leve gesto de cabeça. Como se só aquela palavra e um único homem elevassem a cidade por completo. Não havia argumentos contra Monsieur Dickens, ela descobriria.

Valerie franziu a testa. "Mas Londres fica na Inglaterra!"

Ele estreitou um olho e abanou a mão, como que dizendo sim e não. Com isso, uma pilha de cinzas do cigarro caiu no chão. Ela não admitiria isso para ele, é claro, mas achava que sua opinião não estava errada.

Os resmungos dele com certeza faziam os dias passarem rápido. Seu pavio tinha mais ou menos o comprimento de um cílio, e explodia com regularidade e veemência. Com a mesma velocidade aquilo acabava, como uma nuvem passando sobre o sol, e ela logo se acostumou com seus rompantes, embora nos primeiros dias eles a deixassem com os punhos cerrados e o estômago revirado.

Eles tiveram sua primeira discussão de verdade no segundo dia dela ali, quando ele atacou um dos seus autores preferidos, chamando Marcel Proust de um desperdício de papel.

A discussão durou precisamente 37 minutos, e ele só parou para fazer café antes de continuar. Se ela tivesse pedido chá, a discussão teria durado mais tempo. Ele se recusava a armazenar chá, dizendo que deixava cheiro na cozinha.

"O senhor não pode estar falando sério!", ela exclamou, chocada com sua opinião sobre Proust, e não sobre o chá (motivo de ela ter a chaleira no quarto, ele explicou). "O homem é um gênio. Algumas pessoas acham que ele provocou um dos maiores impactos na literatura moderna até hoje."

"Pff. Não passa de um esnobe pretensioso. Algumas boas citações, claro, mas, em sua maioria, uma lenga-lenga autoindulgente que preenche três mil páginas com algo que poderia ser dito em trezentas. Seus editores deviam ser fuzilados."

Valerie ficou boquiaberta. Proust era... bem... *Proust*. Era como dizer que Shakespeare não era lírico, poético, que era apenas um fenômeno passageiro. Estreitou os olhos. "Então o senhor prefere o estilo de Hemingway, cheio de frases curtas e contundentes?"

Ele pareceu indignado. "Um americano? Ouça, no dia em que os franceses começarem a ter aulas de estilo com os americanos, a França toda deverá desaparecer do mapa, seguindo o caminho do dodô, e às pressas..."

Os olhos de Valerie saltaram. "Bom, ao contrário do dodô, os franceses ainda estão aqui exatamente porque os americanos ajudaram a salvar Paris durante a guerra."

Ele suspirou. "Eu nunca disse que eles não são bons soldados ou corajosos. Mas é demais dizer que sabem alguma coisa sobre estilo."

"Em literatura ou moda?"

"Os dois."

Valerie pôs as mãos no quadril. "Fitzgerald, Melville, Faulkner, pelo amor de Deus?"

"Pff."

Então, ele olhou para ela e levantou um dedo, como uma bandeirinha branca. "Espere. Tudo bem... Eu reconheço... Dickinson."

"Dickinson?"

"Emily Dickinson. Ela fazia amor com o travessão. Faz com que você queira usá-lo mais. Bom, isso é estilo. Na verdade, tenho um volume em algum lugar. Vamos colocá-lo na seção boa, está bem? Celebrar os americanos que ajudaram a libertar Paris." Ele estava apenas sendo um pouco sarcástico.

A seção boa era chamada simplesmente de *"Pas Mal"*, não tão ruim. Aqueles eram os livros aceitáveis para alguém comprar. Não havia muitos.

O cessar-fogo durou cerca de dez minutos, quando ela descobriu que Bram Stoker – criador do Drácula – era um "teórico conspiratório" e que Sir Arthur Conan Doyle era um idiota que jogava golfe.

"O que isso tem a ver?", ela gritou, exasperada.

Ele olhou para ela, sem acreditar. "Tudo. Não é possível um homem ter poesia na alma e jogar golfe."

Isso, Valerie pensou com seus botões, era um pouco hipócrita, considerando que ninguém em seu juízo perfeito diria que Dupont tinha poesia na alma. Mesmo assim, ela disse: "Ele criou Sherlock Holmes! Não precisava de poesia!".

Dupont olhou para ela. "Todos nós precisamos de um pouco de poesia na alma, ou então, como Sherlock, podemos muito bem cheirar cocaína para fugir da vida."

Certamente as tiradas de Monsieur Dupont faziam o dia voar.

***

Quando Valerie não estava sendo submetida às suas tiradas, passava o tempo caminhando pelas ruas do bairro, parando para olhar os patos no Sena e a passagem dos alunos da École Élementaire Levant, na esquina da sua rua, onde pontualmente às 4 da tarde, todos seguiam ruidosamente até a padaria com as mães e babás para o *goûter* – um lanchinho doce na hora do chá para aguentar até a hora do jantar. Muito diferente da infância de Valerie, quando, em geral, 4 da tarde significavam que ela tinha à sua espera uma batata assada com casca como lanche após uma caminhada penosa e gelada na neve.

Havia boutiques, cafés e quiosques na calçada, onde pessoas vendiam de tudo, de arte a bijuterias e discos de vinil, a própria rua um vilarejo em si mesma.

No Le Bistrô Étoilé, ao lado, com suas cadeiras vermelhas e douradas que se espalhavam pelo piso de pedras, ela observava as pessoas sentarem-se sob a nebulosa luz do sol francês vespertino, envoltas em casacos e cachecóis no clima frio, bebericando um *citron pressé*, ou um *café noir*, enquanto mordiscavam um *croissant* – única maneira de um parisiense respeitável tomar café, Monsieur Dupont havia lhe informado na primeira vez em que a viu acrescentando leite ao dela, chamando-a de camponesa. Ela descobriu que gostava bastante de café puro, assim como gostava de explorar as ruas de Paris nas suas tardes de folga.

***

"Acho que ele gosta de você", disse Madame Joubert ao fim da primeira semana de Valerie. "Há anos que não o vejo assim feliz."

Ela olhou atônita para a mulher. "Acho que a senhora está enganada, madame. Tenho certeza de que ele me odeia."

Madame Joubert soltou uma risadinha gutural, jogando para trás a cabeleira de cachos ruivos enquanto juntava um lírio rosa intenso ao arranjo de flores que estava montando. A loja era pintada em tom vivo turquesa escuro e explodia de flores de todos os tamanhos, formatos e texturas, em baldes de aço galvanizado. Valerie estava sentada em frente a Madame Joubert, em um banquinho de madeira, tomando um aperitivo que a mulher tinha insistido em lhe servir quando ela chegou com um princípio de dor de cabeça. A voz de Dupont ainda soava em seus ouvidos, e ela precisava de algum lugar onde pudesse ir para se afastar por dez minutos, ou atacaria o velho com seu próprio grampeador.

"Não seja ridícula. Ele voltou a parecer jovem, *chérie*. Seu passo está mais vivo. Seus olhos brilham."

Valerie bufou. "Isso é alergia... e artrite reumatoide."

Madame Joubert soltou uma gargalhada. "Isso também... Mesmo assim, é bom vê-lo tão feliz."

Quando Valerie voltou para a loja naquela noite, com uma sacola cheia, vinda do mercado de peixe, esperava que o que Madame Joubert havia dito fosse verdade e que ele realmente estivesse feliz com sua presença. Colocou o peixe na geladeira, depois limpou a loja, uma das poucas tarefas que ele realmente lhe permitia fazer – uma batalha contra os anos de poeira acumulada –, e pensou na semana que tiveram até então. Realmente, eles haviam conversado bastante, mas nada além de livros, comida e Paris. Ela não tinha conseguido que ele falasse sobre a guerra, mesmo quando se referiu aos americanos. Ao perguntar a respeito, ele resmungava e mudava de assunto. Ela não o pressionou demais, ainda que ele tivesse prometido, em sua carta, que contaria como era cuidar de uma livraria durante a Ocupação. Talvez ele só precisasse de mais tempo.

Também foi com um resmungo que ele lhe disse que havia achado sua atuação aceitável e que não a mandaria para casa no próximo trem. "Agora me acostumei com você indo buscar os *croissants* de manhã."

Isso, no seu entendimento, era o máximo de elogio que ela poderia esperar.

❖ CAPÍTULO SEIS ❖

O GATO ERA UMA COISA SARNENTA, só pele, ossos e tendões, partes despeladas onde antes havia uma sedosa pelagem branca e preta, sem rabo, perdido cerca de sete anos antes em uma vigorosa luta contra um gato de rua laranja. Pertencia, se é que pertencesse a algum lugar, à livraria Gribouiller, na Rue des Oiseaux, e a Monsieur Dupont, embora ele negasse tal coisa, *mais bien sûr*.

"Pff, aquele saco de ossos velhos? Para que vou querer ele aqui, hein? Pulgas?!"

Mesmo assim, todas as manhãs havia leite fresco para o gato, e, quando ele pensava que Valerie não estava olhando, ela o flagrava alimentando-o com a mão.

Quando ele percebia que ela o tinha visto, fungava, dizendo que não queria ter o trabalho de jogar fora o corpo do animal caso ele morresse.

O gato da livraria não tinha um nome oficial. Se tivesse, era *Le chat de Monsieur Dupont*, e mais tarde apenas Dupont. Assim, às vezes não dava para ter certeza se os vizinhos falavam sobre o gato ou sobre o homem. No entanto, logo Valerie aprendeu que, se fosse com algum grau de afeto, era quase certo que se referiam ao gato.

Agora, o gato rodeava uma nova entrega de livros, rapidamente deixada no canto, esfregando seu traseiro sem rabo na beirada da caixa.

"E é tão doce", disse Madame Hever, uma das enérgicas e destemidas clientes de Dupont – que não se importava em ser chamada de filistina por ler de tudo, menos Dickens –, e começou a acariciar o gato debaixo do queixo. Na mesma hora ele se pôs a ronronar.

"*Non*, ele é uma peste", disse Dupont negando, mas conseguindo reconhecer sua virtude ao acrescentar "mas pelo menos mantém os ratos longe".

Isso era mentira, e Valerie sabia, mas poupou o gato (e o homem) da vergonha de revelá-la e voltou a contar o estoque.

Ela saiu para levar a caixa vazia, e foi então que viu o buraco na parede. Quase parecia um buraco de bala. Seus dedos tocaram-no, fazendo cair pequenos confetes de reboco no assoalho de madeira.

"Precisa mesmo de uma pintura", fungou Dupont, chegando perto, "mas pelo menos tente não deixar pior".

"Parece um buraco de bala", disse Valerie, endireitando-se com o rosto intrigado.

Ele deu de ombros. "E é."

Ela arregalou os olhos. "O que? Como?"

Dupont olhou para ela como se fosse estúpida. "Estamos no centro de Paris; houve uma guerra; as pessoas usavam balas."

"Aqui dentro?"

Ele voltou a dar de ombros. "*Oui*."

Ao ver seu olhar de surpresa, ele suspirou, explicando: "Isso, *chérie*, foi obra de um nazista específico, que achava que a melhor maneira de lidar com um livro de Balzac era atravessando-o com uma bala. *Charmant*."

***

Foi Madame Joubert quem forneceu mais informações sobre o buraco de bala. Ela havia entrado com outra caixa, entregue na floricultura por engano, e Valerie lhe contou o que Dupont havia dito.

Madame Joubert acenou com a cabeça, a boca travada em desgosto. "Ah, *oui*, me lembro daquele dia, como poderia esquecer?", ela disse, os olhos contornados de kajal excepcionalmente sombrios, enquanto Valerie se adiantava com rapidez para pegar a caixa. Colocou-a no canto da loja, ao lado do pequeno conjunto vermelho de bistrô que tinha transformado em sua própria escrivaninha completa, com um lugar para o gato e para o telefone.

"Foi naquela primeira semana, logo depois da queda de Paris, quando os nazistas estavam pegando pesado para afirmar sua autoridade. O que fez isso", ela disse, apontando para a parede, "era um rapaz, com uma sombra de bigode, como se tivesse sido feito a lápis. Devia ter deixado as calças curtas havia pouco tempo. Eu tinha vindo à loja para ajudar Mireille, a filha de Dupont...". Seus olhos ficaram tristes, ela fez uma pausa e tocou no peito, justo quando o coração da própria Valerie começava a bater forte à menção do nome da mãe.

"E aí entraram esses rapazes vestidos de marrom, dizendo a Dupont quais livros podiam ou não ser vendidos agora. O que decorreu tão bem quanto você imagina... Quando Dupont protestou pelo banimento de um dos autores – esqueci qual..."

"Balzac, foi o que Vincent disse", adiantou Valerie.

"*Oui*", disse Madame Joubert. "Balzac. Bang, ele deu um tiro na capa. Não há muito o que discutir com um menino e uma arma."

"Por que monsieur não fechou a loja?", perguntou Valerie.

"Ele era teimoso. Teimoso na época, teimoso agora. Além disso, não acho que houvesse algum lugar aonde ele pudesse ir. O pai tinha morrido havia muito tempo, e a mãe, no ano anterior. Havia uma espécie de prima, mas acredito que ela já tivesse ido para a Inglaterra... Não tenho certeza."

O coração de Valerie retumbou quando ela percebeu que Madame Joubert deveria, é claro, estar se referindo a Amélie.

"Assim, eles estavam presos aqui em Paris, e Mireille não deixaria o pai, mesmo com ele querendo mandá-la para o campo, que foi para onde a maioria das pessoas com condições fugiu. Mas, no fim, lá não foi tão melhor."

Valerie sacudiu a cabeça. "Deve ter sido apavorante ver os nazistas atacarem Paris desse jeito."

"Foi. Nunca vou esquecer. Acreditávamos, assim como vários franceses, que a Linha Maginot os impediria. Então, de repente, o governo disse que tínhamos sorte, que eles haviam feito um armistício, um cessar-fogo, mas é claro que todos nós sabíamos o que de fato tinha acontecido: a *rendição*. Escutamos no rádio eles nos dizerem que, agora, deveríamos baixar nossas armas e parar de lutar. Não houve uma alma viva em Paris que acreditou que aquilo fosse outra coisa senão *derrota*."

Dupont entrou, seguido pelo gatinho sarnento, seu rosto contorcido de raiva, mesmo agora. "Não, foi *traição*. Eles não fizeram nada mais do que nos deixar como cordeiros para os lobos."

Madame Joubert concordou. "Isso também."

✦ CAPÍTULO SETE ✦

"ASSISTIMOS ENQUANTO ELES entravam na cidade, marchando. Soldados alemães marchando pelo Arco do Triunfo, com seus tanques e carros. Eram muitos, todo um exército de homens de marrom. Nunca esquecerei aquele dia...", disse Madame Joubert.

Dupont baixou os olhos, a testa franzida. "Era o aniversário de Mireille", disse baixinho.

O clima ficou tenso, e Valerie prendeu a respiração. Era a primeira vez que ele mencionava a filha para ela.

Madame Joubert assentiu com o rosto sério. "14 de julho. Ela tinha acabado de fazer 19 anos. Não era muito mais nova do que você é agora, imagino", ela disse, olhando para Valerie. "Você é um pouquinho parecida com ela, sabia?"

O coração de Valerie parou de bater por um instante. Dupont franziu o cenho e lhe deu uma olhada, inclinando ligeiramente a cabeça branca. Suspirou. "Não era o tipo de presença que alguém pudesse querer um dia, uma cidade de nazistas." Seu rosto ficou sombrio como trovão. Sacudiu a cabeça, depois se virou e saiu da loja, seus ombros parecendo mais curvados do que nunca.

Valerie fez menção de ir atrás dele, mas Madame Joubert colocou a mão em seu ombro, impedindo-a. "Deixe, *chérie*, não vai ser bom ir atrás dele. Agora ele está lutando contra velhos fantasmas."

***

Valerie foi até a floricultura com Madame Joubert, que preparou uma xícara de chá e a serviu a sua frente, no banco de madeira. A loja estava fechada e o ar do começo da manhã esgueirou-se sob as portas e janelas de madeira, perturbando a pele exposta do pescoço e do rosto da moça, fazendo-a estremecer. Ela tomou um gole do chá doce e sorriu. *English Breakfast*. Madame Joubert devia tê-lo comprado especialmente para ela. A florista sentou-se a sua frente e retomou seu trabalho, mostrando-lhe como podar um caule e enfiá-lo na espuma. Valerie aspirou o inebriante perfume das flores e começou a desfolhar a parte inferior de uma rosa da estufa.

Entre as duas, a saída de Dupont mais cedo deixara o peso das perguntas não respondidas.

"Ainda é real para ele, não é? Mesmo agora", disse Valerie, seu olhar atento não para as flores coloridas da loja, mas dirigindo-se para fora, pela janela, e aparentemente para o passado. "Estou me referindo à guerra."

Não era preciso dizer a quem ela se referia. Madame Joubert sabia. Seus dedos tremeram levemente ao colocar uma hortênsia lilás na espuma verde, juntamente com uma rosa cor-de-rosa.

"É. Para todos nós, continua real. É difícil captar o que todos sentimos no dia em que eles vieram. Nos sentimos abandonados, principalmente. A maioria das pessoas fugia pelas ruas, levando tudo que conseguia carregar, indo para casas de amigos ou familiares na zona rural. Até nosso governo nos abandonou. Foi isso que pareceu quando se mudaram para Vichy, deixando a cidade para os alemães... e para os poucos oficiais franceses aprovados por eles, aqueles que nos entregaram com tanta facilidade. Da noite para o dia, já não éramos cidadãos, mas espectadores, assistindo enquanto os invasores se apossavam de tudo, impondo suas regras, tomando nossas casas, nossa comida... racionando o que antes era nosso. Da noite para o dia, Dupont deixou de administrar um pequeno negócio para receber ordens sobre como viver de um bando de meninos arrogantes."

Conforme Madame Joubert falava, voltou vinte anos no tempo...

***

O menino que tinha atirado no romance de Balzac voltava frequentemente à loja depois disso. Ia ver a linda garota loira com impressionantes olhos azuis e boca carnuda.

Ia ver como o nervo no maxilar do velho repuxava, como seus olhos azuis claros brilhavam e como era difícil para ele não pegar o menino pela nuca e jogá-lo para fora da loja. Gostava de observar a lenta perda de poder do velho.

O menino não era o único soldado nazista que ia à loja. Houve muitos outros no decorrer do mês que se seguiu à queda de Paris.

Quando o último deles foi embora naquele dia, Mireille abaixou a persiana, mesmo sendo apenas 6 da tarde e com o sol ainda brilhando. Queria bloquear o dia, escurecer o mundo num reflexo do seu humor. Serviu-se de uma taça de vinho e deu um gole. Quando o líquido respingou, ela percebeu que estava novamente tremendo, sem notar.

Seu pai veio e pôs a mão crispada e tensa em seu ombro, mas ela se acalmou ao seu toque. Levantou os olhos e viu que o rosto dele estava preocupado, sério.

"Não é tarde demais; você ainda pode ir para o campo. Minha prima Amélie poderia ajudar você."

Mireille sacudiu a cabeça. "Não vou te deixar, Papa."

Ele rangeu os dentes, pegou o cigarro que trazia atrás da orelha e o colocou entre os lábios com um ligeiro resmungo. "Não quero que você tenha que enfrentar isso", disse, apontando para a porta, para o mundo externo, o mundo enlouquecido.

Ela olhou de volta para ele, suavizando os olhos azuis. "Ninguém quer enfrentar isso, Papa. Ninguém. Mas o faremos juntos, como todo o resto."

Ela deu mais um gole e se sentou no assento gasto da grande poltrona próxima à janela, tirando Tomas, o gato, do lugar e colocando-o no colo. O vinho finalmente começava a fazer efeito.

"Você sabe o que a maioria desses homens... desses nazistas compra na loja?"

Ele franziu o cenho e bateu a cinza no cinzeiro sobre a escrivaninha. "Deixe-me adivinhar: histórias de aventuras. Alguma coisa que tenha balas e bravatas", disse, apontando o espaço na parede onde o idiota loiro e imaturo tinha atirado no livro.

Ela sacudiu a cabeça e coçou atrás das orelhas do gato. O animal ronronou, levantando a cabeça laranja malhada para olhar para Dupont.

"Guias da cidade. É como se, para eles, isso não passasse de férias."

O pai piscou várias vezes. Não achava que alguma coisa pudesse surpreendê-lo agora, não desde que a cidade estava ocupada, mas aquilo o surpreendeu.

"Eles estão de férias e nós estamos vivendo no inferno."

"É."

❧ CAPÍTULO OITO ❧

VALERIE ESTAVA CANSADA. Era como se as últimas semanas a tivessem atingido de uma vez. O colchão em sua pequena cama de ferro parecia ser feito de saca-rolhas, e não de molas, cada um deles arrumando maneiras de proclamar alguma vingança contra seu corpo. Por mais que se virasse, não fazia diferença. Não conseguia se lembrar da última vez em que tivera uma noite inteira de sono.

Ainda por cima, os roncos de Dupont ecoavam pelas paredes do pequeno apartamento, mantendo-a acordada na maioria das noites, sozinha com seus pensamentos.

A menção à guerra tinha deixado o humor de Dupont ainda mais amargo do que de costume. Ele estava quieto, monossilábico, tomado por um clima sombrio que durou quase toda a semana. Apesar da tranquilidade que isso assegurava, assim como uma trégua dos seus rompantes, fazia com que, de certo modo, os dias se estendessem e ficassem mais tensos.

Pela primeira vez desde sua chegada ela começou a conjeturar, de fato, sobre o que havia feito, por que tinha vindo. O que aconteceria quando contasse a ele quem realmente era? O que ele faria? E se ela viesse a amá-lo...? Embora isso parecesse pouco provável agora, sabia que coisas mais estranhas já tinham acontecido. E então? Tinha sido mais fácil se convencer de que a indiferença dele não tinha importância enquanto ele era um desconhecido. Tinha visto como seu rosto mudara quando ele falou sobre os nazistas; era um tipo diferente de raiva. Não era sua costumeira natureza desagradável: aquilo era frio, duro, e ela percebia que não era algo que ele queria que fosse cutucado.

Durante as poucas horas de sono que ela conseguia ter à noite, seus sonhos eram os mesmos: os nazistas marchando pela cidade, bandeiras de suásticas ocupando tudo, placas de ruas antigas sendo retiradas, substituídas por placas em alemão que destacavam seus centros de operações, as ruas de Paris em letras menores, embaixo.

Ao acordar, com o coração aos pulos, perguntava-se como sua mente tinha sido preenchida com essas imagens. Teria visto em algum jornal? Não conseguia se lembrar. Por fim, saudava o amanhecer com sombras que pareciam hematomas debaixo dos olhos. Sentava-se, a boca seca, a língua sedenta, e pegava o copo de água na cadeira ao lado da cama, dando um gole com a testa franzida. O último sonho tinha parecido muito real.

***

Ela tinha 3 anos, os cabelos loiros balançando, a fita vermelha sendo levada pelo vento. Ao se virar para correr atrás dela, ouviu a voz de Amélie: "*Vite, vite, chérie*, não dá tempo".

Mas era sua única fita. Já não era fácil consegui-las. Ao amarrá-la com firmeza em seu cabelo todas as manhãs, o vovô dizia que ela precisava fazer aquela durar. Ela começou a chorar. Amélie não havia amarrado direito ao pentear seu cabelo, e agora ela se fora. Amélie ignorou o choro e disse-lhe para continuar andando. Mas Valerie estava cansada, não estava acostumada a andar tanto. Seus pés tinham começado a latejar em seus sapatos finos, o frio infiltrando-se em seus dedos. Amélie puxou seu braço mais uma vez, sem soltar.

"Mas eu quero ir para casa! Esse não é o caminho certo!" Ela não queria mais ficar com a "tia", que conhecera um dia antes; ela ainda era uma estranha, e agora Valerie estava exausta e cansada de ser educada. Só queria ir para casa. "Vovô vai ficar preocupado. Vamos voltar agora", ela disse, puxando a mão de Amélie e virando-se para voltar ao apartamento.

Estava ficando tarde. Aquela era a hora em que eles sempre faziam a brincadeira do gato e o barbante. Por que Amélie estava levando-a para tão longe? Por que estava indo com essa mulher que insistia em ser chamada de "tia", embora ela nunca a tivesse visto?

Seu pânico começou a aumentar e ela começou a soluçar. Conforme foram se afastando mais e mais do apartamento, Valerie percebeu, de repente, que elas estavam do lado errado do rio, e levaria ainda mais tempo para chegar em casa. Mesmo assim, Amélie continuou andando, arrastando-a, acabando por pegá-la no colo, apesar dos seus gritos. "Não, eu quero o *vovô*! *Vovô*!"

"Basta, criança", disse Amélie, aconchegando-a no peito enquanto corria, a cabeça de Valerie batendo em seu ombro duro, seus braços firmes e incansáveis segurando a menina mesmo enquanto ela gritava...

***

Valerie acordou com um susto, o soluço ainda preso na garganta, parecendo que o coração ia explodir para fora do peito. Aquilo era apenas um sonho? Ou uma lembrança?

Aquela visão de si mesma quando criança, jogando algum jogo com o avô, parecia real. Mais real do que teria pensado.

E seria verdade que sua tia Amélie era uma estranha? Esfregou a garganta, lutando para respirar, e foi até a piazinha, agarrando-a com as duas mãos, os nós dos dedos embranquecendo. Jogou água fria no rosto e viu seu reflexo no pequeno espelho. Parecia pálida. Será que Amélie era realmente uma estranha quando elas se encontraram? Amélie contava que tinha entrado furtivamente no país só para buscá-la. Mas por quê?

Pela maneira como Amélie falava, Valerie ficou com a impressão de que seu avô nunca tivera interesse em criar a neta; ele quis que ela ficasse segura, mas não quis ser seu responsável. No entanto, aquela lembrança – ou o que quer que fosse – era outra coisa, um hábito, há muito arraigado, de passar os dias com o velho, de ser cuidada por ele, de deixá-lo pentear seu cabelo, comer com ela e brincar com o gato por muito tempo à tarde, apenas os dois. Aquilo não parecia um homem que não estivesse interessado na neta; pelo contrário. Por que, então, ele desistiria dela?

Valerie sentou-se no escuro e, pela primeira vez, sentiu a tristeza por detrás do que lhe acontecera, sentiu dor. Pela primeira vez admitiu a si mesma que, talvez, o fato de estar lá, desvendando aqueles segredos escondidos há tanto tempo, poderia acabar abrindo uma ferida que dificilmente iria se fechar.

***

Se Valerie esteve, de certo modo, reservada naquela manhã, Dupont não reparou. Estava ocupado demais brigando com seus clientes. Ela ficou presa na administração do dia, catalogando o estoque com sua caligrafia caprichada, em fichas que colocava dentro de uma caixa de madeira sobre sua pequena escrivaninha. Anotava o que tinha sido vendido e os pedidos novos que eram necessários.

Quando o grande telefone preto que Dupont havia mudado para a mesa dela tocou – ele achava que Valerie atendia melhor os clientes, o que não era difícil –, ela levou um susto, o coração aos pulos, de tão perdida que estava em seus pensamentos.

"*Bonjour*, Gribouiller", disse, em sua voz educada de bibliotecária-assistente, que sem querer saía como um sussurro, pois, estando em meio aos livros, sentia-se como na biblioteca.

"Ah, *oui*, estou procurando uma coisa", disse uma voz abafada.

Ela franziu o cenho. "Sim?"

"Alguma coisa que acho que perdi."

Valerie franziu o cenho. "O senhor esqueceu alguma coisa na loja?"

Os olhos dela percorreram o chão recém-varrido, notando o assoalho encerado – sua tarefa do dia anterior –, os livros perfeitamente empilhados e a nova exposição na vitrine, juntamente com os flocos de neve e o gelo recortados por ela para destacar a estação. Nada parecia errado.

Deu uma olhada na mesa de Dupont, que, obviamente, parecia um depósito de lixo, coberta com cinzeiros transbordando, documentos, livros e papéis amassados, sem falar no gato.

"É, de fato", disse a voz.

"Ah, poderia descrevê-la, por favor? Posso guardá-la para o senhor, caso encontre."

"Ah, seria muita gentileza, *merci*. Bom, vejamos. É bem pequena para a idade, tem cabelo loiro e usa umas saias horrorosas cor de mostarda, com oxford pretos, mas, de algum jeito, consegue fazer ficar bom."

Valerie ficou intrigada. "O que?"

"Olhe para a sua esquerda", disse a voz.

Ela olhou para a esquerda.

"Sua outra esquerda."

Ela soltou um grito e deu um pulo na cadeira. Do outro lado da rua, parado numa cabine telefônica, estava *Freddy*. De onde estava, ela podia ver sua figura alta e esguia, o cabelo preto e despenteado, o sorriso largo.

"E aí, vai vir me dar um abraço ou o que?", ele disse, e ela pôde perceber o carinho em sua voz.

"Vou!", gritou. Em seguida, saltou da cadeira e correu para fora da loja, para profunda surpresa de Monsieur Dupont e até do gato.

"E então?", perguntou Freddy, depois de ela finalmente soltá-lo. "Sentiu minha falta?"

"Não, mal cheguei a pensar em você", ela disse, cheirando o cabelo dele e fechando os olhos, extasiada. Ele ainda tinha o mesmo cheiro de menino e hortelã.

Freddy passou o braço magro em volta dela. "Eu também não. Almoçamos?"

"Sim. Só preciso avisar Monsieur Dupont."

"Ok."

"Ok."

"Mas primeiro você precisa me soltar", ele observou.

"Certo", ela disse, depois sorriu, soltando com relutância seu braço magro e correndo de volta para dentro da loja.

Voltou em segundos e eles caminharam até o bistrô da esquina. Da vitrine da floricultura, Valerie captou o olhar de Madame Joubert e sua sobrancelha levantada. "Muito lindo", ela articulou com seus lábios eternamente vermelho-cereja, fazendo Valerie rir.

"O que?", perguntou Freddy, que não tinha visto nada. Seus olhos escuros enrugaram-se nos cantos e ela não conseguiu deixar de encará-lo por um bom tempo, inebriando-se dele.

"Nada, esqueça. Freddy, como é que você veio parar aqui, por que está aqui? Me conte tudo", ela disse assim que eles se sentaram à mesa na calçada de pedras para tomar um café.

Com seus grandes olhos verdes arregalados e brilhantes, as bochechas rosadas alegrando o café, ela parecia muito animada. Um grupo elegante de parisienses levantou os olhos ao ouvi-la falar alto, depois recolocaram os óculos escuros e bebericaram suas taças de vinho.

"Ah, Val", ele riu. "Paris contagiou você... Está muito espontânea."

Ela estreitou os olhos, mas não pôde deixar de sorrir. "Fique quieto e me diga por que está aqui."

Freddy tinha o olhar vivo e divertido. Tirou um cigarro do bolso do casaco, bateu-o duas vezes na mesa, colocou-o entre os lábios e o acendeu, dando uma longa tragada. Depois o estendeu para ela, para que fizesse o mesmo. Cruzou suas longas pernas e desabotoou o colarinho.

"Bom, para dizer a verdade, o jornal quis que alguém cobrisse uma história policial aqui, então me ofereci para vir."

"Jura?"

"Tudo bem, eu implorei."

"O que?"

"É, bom, na verdade, eles já tinham concordado em mandar o Torpe Jim."

Os dois reviraram os olhos ao mesmo tempo. Jim Murphy era um repórter de cargo ligeiramente superior que sempre parecia conseguir os melhores trabalhos, principalmente por ser um tanto arrogante. O problema era que ele gostava de esfregar suas vitórias na cara de Freddy.

"Mas eu sabia que outros jornais estariam interessados, particularmente se eu pudesse ficar um tempo, e Jim tem família... Então eles concordaram, principalmente porque agora posso ficar de olho em algumas outras pistas. E eu saí bem barato. Basicamente serei um investigador particular metido a besta. O trabalho vem com um apartamento infestado de ratos, um banheiro compartilhado e praticamente nenhum dinheiro, mas estou aqui, que é o que interessa."

Ela franziu o cenho. Ele estava subindo bastante no *The Times*; sob alguns aspectos, aquilo parecia quase um passo para trás.

"Por que concordou com isso?"

"Por que você acha?"

"Estava preocupado comigo?"

"Estava preocupado com você", ele concordou. "E não fique melosa por conta disso, mas senti sua falta."

Ela lhe lançou um olhar meloso.

Ele riu. "Eu disse não."

"Só faz duas semanas", falou ela, embora tivesse sentido falta dele durante cada segundo.

"Acho que nunca fiquei tanto tempo sem te ver."

Valerie riu. "Exceto naquela vez em que você foi para a Espanha por um mês para bancar o Hemingway. Ou quando resolveu experimentar morar em uma van, lá em Devon, durante quinze dias, escrevendo seu romance antes de perceber que gostava muito de chuveiros."

"Tudo bem, além dessas. E não fique nervosa comigo, mas, honestamente, agora eu só quero estar aqui, não importa o que aconteça. Se acabar dando errado essa coisa que você está fazendo com a sua família, fingindo ser outra pessoa, então preciso saber que você não está aqui sofrendo sozinha, sem ter para onde ir. E se tudo correr bem, então eu também quero saber."

Ela pegou a mão dele e apertou. "Obrigada, Freddy. Você teve que explicar isso para todas as outras garotas?"

Ele deu de ombros. "Tive, foi por isso que demorei duas semanas. Muita papelada", ele sorriu.

***

Ao chegar em casa, Valerie encontrou Madame Joubert e Dupont sentados na sala de visitas do apartamento no andar de cima, tomando uma taça de vinho.

"Ora, ora, a gente nunca deixa de se surpreender", disse Madame Joubert, abrindo os lábios num largo sorriso. "Nossa pequena Isabelle... Eu jamais imaginaria te ver correndo daquele jeito para os braços de um homem." Seus olhos percorreram os oxford de Valerie, assim como a saia comprida de veludo cor de mostarda. "Nunca se sabe, com uma bibliotecária", ela disse com uma risadinha, como se falasse com seus botões, fazendo Dupont engasgar com o vinho.

Valerie piorou as coisas, corando.

"Era só o Freddy."

"Ah, Freddy", disse Madame Joubert, os olhos brilhando. "Já gosto dele. Conte para nós sobre o Freddy."

"Ele é jornalista, um velho amigo. Não passa disso."

Nem Dupont levou isso a sério. E foi então que ela admitiu a verdade, que era apaixonada por ele desde menina, e depois a verdade ainda mais decepcionante: para Freddy, ela sempre seria aquela menininha. "Ele já teve dezenas de namoradas. Acho que sempre esperei que um dia, como num passe de mágica, ele me visse como algo além daquela menina da casa ao lado, algo mais do que uma irmã. É por isso que ele está aqui: veio a trabalho e está apenas dando uma conferida em mim, sendo um bom 'irmão mais velho'."

Valerie sentiu seu humor murchar ao admitir a verdade para si mesma. Por um momento, quase se convencera de que os sentimentos de Freddy por ela tinham mudado, tinham se tornado românticos, mas agora ela podia ver que provavelmente estava só se enganando, mais uma vez.

Madame Joubert caiu na gargalhada. "Ah, Dupont, você se lembra de ter sido tão jovem e tão bobo?"

Dupont pareceu chocado. "Eu? Pff, nunca."

Madame Joubert concordou, olhando sua cabeça branca levemente calva, os ombros curvados, e suspirou: "Acho que você nasceu velho...".

Ele resmungou, e ela continuou: "Minha querida Isabelle, um rapaz não vem correndo a Paris para dar uma olhada na irmã".

"Claro que vem. Ele estava preocupado comigo."

Madame Joubert sacudiu a cabeça.

Dupont também sacudiu a cabeça. Valerie ficou satisfeita ao ver que o clima pesado que se apoderara dele na última semana tinha, de certo modo, mudado, e ele voltara a seu costumeiro estado rabugento.

Madame Joubert prosseguiu: "Eu mesma tive dois irmãos. Não posso dizer que alguma vez eles tenham se preocupado tanto comigo, não a ponto de me seguir até outra cidade. *Non, chérie*, eu diria que isso é coisa de um rapaz apaixonado".

Valerie engoliu em seco, tentando impedir a súbita onda de esperança que aquelas palavras provocaram. "Por favor, pare, madame", ela disse, dando um gole no vinho. "Posso acabar acreditando em você, e aí eu vou mesmo me complicar."

Madame Joubert arregalou os grandes olhos escuros, surpresa. "Por que isso seria uma complicação?"

"Porque provavelmente não é verdade."

"Pode ser, mas duvido. Não acha que está na hora de descobrir?"

Valerie ficou sem resposta. Talvez. Embora a ideia de tornar o clima entre eles tenso a enchesse de medo. Como é que uma pessoa poderia dizer ao melhor amigo que estava apaixonada por ele sem que isso acabasse mudando tudo?

***

Enquanto Dupont roncava no sofá, Madame Joubert serviu um pouco mais de vinho para as duas, levantando-se para pôr mais lenha no fogo. Estava aconchegante no apartamento: as janelas ofereciam uma vista que se perdia a distância com as luzes de Paris, a torre Eiffel ao longe.

Valerie deu um gole no vinho, olhou para Madame Joubert e sacudiu a cabeça.

"O que?"

"Bom, é só que a senhora é muito simpática. Quero dizer, Dupont é..."

"Dupont", disse Madame Joubert. "Sim."

"Mas vocês são amigos."

Madame Joubert sorriu. "É, somos. A verdade é que...", começou ela, abanando a mão quando Valerie olhou para Dupont de relance. "Ah, não se preocupe, *chérie*, ele poderia dormir durante o Armagedon. Bom, como eu estava dizendo, a verdade é que só restamos nós, agora somos família. Eu era amiga da filha dele", ela explicou.

Valerie parou o gole no meio. "Mireille?", perguntou.

Os olhos de Madame Joubert entristeceram-se ao assentir.

Valerie olhou de Dupont para Madame Joubert e cochichou, fazendo o possível para não parecer muito ansiosa. "Como é que ela era? Parecida com ele?"

"Mireille?"

Valerie confirmou e Madame Joubert recostou seu corpanzil no sofá, os cachos ruivos roçando no linho macio. "Ela era...", suspirou, erguendo os olhos para o teto, como que para afastar as lágrimas súbitas, "maravilhosa, de verdade. Nós éramos amigas desde que começamos a andar e falar. Vizinhas, como você e Freddy", ela disse, com um sorriso meigo. "A mãe de Mireille, Jeanette, morreu quando ela era pequena, então Dupont a criou sozinho. Eles eram uma dupla e tanto, aqueles dois. Discutiam o dia todo, como um velho casal, e sempre sobre livros." Ela riu. "Um pouco como vocês dois, agora."

Madame continuou: "Acho que esse é um dos maiores arrependimentos dele, na verdade: o fato de não ter insistido, quando teve a chance, para que ela fosse com os outros, os que estavam fugindo de Paris para o campo, aos bandos, quando os nazistas chegaram. Mas eu conhecia Mireille, e não tinha como ele convencê-la a ir. Não sem ele. O que aconteceu não foi culpa dele".

"O que quer dizer?"

As duas estavam cochichando, tomando cuidado para não acordar o velho.

"Estou dizendo o que aconteceu. Ele não poderia saber. Nenhum de nós sabia o que ia acontecer. A gente esperava que eles ficassem aqui por alguns meses e depois fossem embora, expulsos pelos aliados... Não dava para saber o que viria a seguir. De certo modo, aquilo foi uma bênção e uma maldição."

⟼ CAPÍTULO NOVE ⟻

1940

Clotilde se esgueirou para dentro da livraria, o rosto taciturno, a boca quase irreconhecível sem batom, caída nos cantos. O cabelo estava murcho, sem os cachos e o balanço costumeiros. Parecia uma grande bexiga que esvaziava lentamente, e estava, de certo modo, mais baixa, se é que isso era possível, como se tivesse sido cortada na altura dos joelhos.

Mireille desviou seu olhar do soldado nazista, um rapaz com cabelo cortado à escovinha, olhos azuis gélidos e dentes brancos e pontudos, que fazia o máximo para seduzi-la enquanto perguntava sobre o melhor lugar para se comer pato *à l'orange*, e se ela gostaria de acompanhá-lo um dia. Mireille franziu a testa, sua boca formando um pequeno "o" de surpresa, e ela encarou a amiga, seus olhos pairando, por fim, no distintivo do soldado, como um farol amarelo em sua jaqueta. Ela viu quando Clotilde se dirigiu furtivamente até o canto, meio escondida atrás de uma grande pilha de livros em brochura, esperando por ela.

As mãos de Mireille tremeram e ela engoliu com dificuldade, dirigindo ao soldado um sorrisinho tenso.

"Já está tarde assim?", exclamou, olhando para o relógio na parede mais distante, embora não o estivesse vendo. "Sinto muito, senhor, preciso fechar a loja", disse ao militar, levantando-se subitamente. "Tenho hora no dentista, quase esqueci. Já estou atrasada. Se me der licença..."

O soldado saiu dando risada, dizendo-lhe para cuidar daquele lindo sorriso e insinuando que a procuraria novamente, em pouco tempo, para jantarem, caso ela estivesse livre. Mireille sentiu o rosto doer ao cerrar os dentes no que parecia mais uma careta do que um sorriso. Assim que ele saiu, trancou a porta e colocou o aviso de "fechado", ainda que fossem apenas 10 da manhã.

Virou-se para a amiga, seus olhos azuis arregalados e cheios de medo: "Então é verdade". Aproximou-se para tocar na grande estrela amarela. "Agora você precisa usar isso?"

Clotilde assentiu. Seus olhos também estavam assustados, o que chocou Mireille ainda mais. Sua amiga, dona do mundo, a pessoa mais ousada que conhecia, nunca tinha medo de nada.

"Não dá para você simplesmente tirar isso?"

"Não. Eles disseram que agora é lei, e que se algum judeu não usar, pode ir para a cadeia. Há uma lista com o nome de todos nós...", ela explicou.

Mireille tinha escutado os rumores, é claro que tinha, mas apesar de tudo o que vira e ouvira até então – incluindo o louco que havia atirado em um livro em sua loja –, não ousara acreditar que os nazistas estivessem pedindo aos judeus da cidade que se identificassem.

"Por que estão fazendo isso?"

"Por quê? Por causa dele, Hitler, o destemido líder lunático deles. Ele detesta a gente."

"Eu sei... Mas..."

"Precisa haver um motivo além do fato de sermos diferentes?"

"Como? No que você é diferente? Você não sangra?", ela disse, citando Shylock em *O mercador de Veneza*. Era um humor macabro, mas Clotilde gostou mesmo assim.

"Não o bastante, aparentemente", disse ela, franzindo os lábios com ironia.

Mireille beijou o rosto da amiga e a abraçou. "Fique aqui com a gente esta noite."

Clotilde concordou. Não queria ficar sozinha no apartamento ao lado. Seus irmãos estavam lutando na guerra e a mãe estava no interior, com suas irmãs. Só Clotilde permanecera. Tinha declarado que iria se juntar à resistência, embora com o passar dos dias já não tivesse certeza de que houvesse tal coisa. Mesmo assim, jurou que estaria pronta para isso quando chegasse a hora.

"Vou fazer um chá para a gente, então podemos fingir, só por um momento, que o mundo não ficou completamente louco", disse Mireille.

"Acho que para isso é melhor você abrir uma garrafa de vinho." Mireille concordou. "Tem razão."

Mas o mundo tinha ficado louco. Completamente louco. E, no que dizia respeito a Mireille, na maior parte do tempo essa loucura assumia a forma de um jovem soldado nazista chamado Valter Kroeling, que desde o primeiro dia em que entrou na loja, disparando sua pistola no livro, tomou como missão passar todo o tempo que pudesse na livraria. Um mês depois, declarou-se o novo gerente da loja, para completa indignação do pai da moça.

Mireille precisou alertar o pai para controlar seu temperamento. Os nazistas já estavam liquidando com os homens da cidade; ele poderia acabar sendo mandado para um campo de trabalhos forçados, ou para a prisão, só por abrir a boca. Ela não queria isso para o pai.

Valter Kroeling entrou na loja logo depois de Clotilde ter surgido com a notícia de que, agora, os judeus tinham que se identificar.

O soldado foi para comunicar que, dali em diante, metade da livraria precisaria abrir espaço para um setor da Correspondência Oficial. Isso consistia, sobretudo, em uma pequena prensa que logo faria parte da engrenagem de propaganda alemã. Eles também usariam a livraria para guardar panfletos e boletins que incentivassem o povo de Paris a obedecer a suas regras.

Alguns dias depois, vendo Clotilde entrar na loja certa tarde, Valter Kroeling foi até Mireille para dizer que já não era permitido à sua amiga judia entrar pela porta da frente, devendo, dali em diante, usar apenas a entrada de serviço, que ficava nos fundos. "Como o restante da ralé. Mas sabe-se lá", ele cochichou em seu ouvido, movendo uma mecha do seu cabelo longo e sedoso e fazendo com que os fios da sua nuca se arrepiassem de repulsa. "Por um beijo, talvez eu faça vista grossa."

Ela se afastou, forçando um sorriso tenso. Queria revidar dizendo que ele estava longe de ser um homem, que não passava de um menino fantasiado, mas travou o maxilar e disse entre dentes: "Encontrarei minha amiga nos fundos, de acordo com a sua recomendação. Monsieur", acrescentou, como um silvo.

O rosto dele endureceu. "Se for esse o seu desejo."

"É."

Ele olhou para ela e inclinou a cabeça de lado. Mireille pôde ver uma série de espinhas cobrindo sua testa. A mão rosada e carnuda do soldado vagou para o alto da blusa dela, tocando na gola e deixando uma pequena marca dos seus dedos manchados de tinta. "Ainda há tempo para você mudar de ideia. Posso esperar que caia em si, se é que entende o que eu digo."

Ela teve que se segurar para não afastar a mão dele com um tapa.

Atrás dela, alguém limpou a garganta.

Era outro nazista, um que ela não conhecia. Um homem grande, de cabelo loiro escuro e olhos verdes intensos.

"Mademoiselle", disse ele. "Com licença, será que poderia me ajudar?" Cumprimentou Valter Kroeling, que se afastou de Mireille com relutância. Kroeling cumprimentou o homem com um "*Heil* Hitler. Herr *Stabsarzt* Fredericks".

O médico respondeu o cumprimento com um aceno de cabeça e virou-se para Mireille: "Será que a senhorita teria um dicionário médico francês-alemão? Acho que estou ligeiramente enferrujado nos termos médicos franceses".

Pela primeira vez, Mireille ficou realmente agradecida por ver outro soldado, e foi rapidamente verificar o catálogo – faria qualquer coisa para se livrar das mãos ávidas de Valter Kroeling. "Não tenho certeza de que tenhamos algo parecido em estoque, monsieur, mas vou verificar. Se não tivermos, posso encomendar um na editora."

"Seria muita gentileza", disse ele, parecendo surpreso.

Um músculo se contraiu no rosto de Mireille.

"Eu faria isso para qualquer cliente."

Ele franziu o cenho. "Sim, entendo."

Mireille desviou o olhar. Tinha visto como algumas mulheres eram tratadas pelos franceses por serem muito gentis com os nazistas. Não havia, porém, um guia sobre como se comportar. Como alguém deveria agir em relação a aqueles que, para todos os efeitos, eram seus captores? Ela, e todas as outras mulheres que conhecia, só queriam mandar todos para o inferno. O problema era o que acontecia quando faziam isso. Todas haviam visto e ouvido os militares perderem a pose, estapeando o rosto de uma senhora que cuspiu no rosto de um nazista, arrastando as mulheres para campos de trabalhos forçados, ou pior... as coisas que eles faziam com algumas delas, por trás de portas fechadas. Como alcançar o equilíbrio, o quão amigáveis deveriam ser para que eles as deixassem em paz?

"Sinto muito, não temos um dicionário médico. Mas posso encomendar um, como sugeri."

"Obrigado", disse o oficial.

Ela anotou seu nome e número de telefone para avisar quando o livro chegasse.

Ele hesitou, depois perguntou: "Eles estão instalando uma prensa aqui?", gesticulou para os militares que haviam ocupado metade da loja e tomado o depósito.

Ela abaixou a cabeça com um sorrisinho, o olhar sombrio. "Permitiram que ficássemos com esta metade da loja", disse, entre dentes cerrados. "Estamos agradecidos."

Ele assentiu com a cabeça e repetiu: "Entendo".

Havia demasiada pena em seus olhos, e ela desviou o olhar. Depois, sobressaltou-se quando ele inclinou o rosto junto ao dela e cochichou: "Tome cuidado com Herr Kroeling".

"Monsieur?", ela perguntou, recuando.

Ele se endireitou, o rosto impassível. "Lembre-se do que eu disse."

Ela o observou ir embora, intrigada. Até onde iria a maldade de Valter Kroeling, se seus próprios aliados sentiam necessidade de alertá-la contra ele?

✦ CAPÍTULO DEZ ✦

1962

O Cafe De Bonne Chance estava tomado por um jazz suave. Em meio às nuvens de fumaça e às risadas, Valerie encontrou Freddy sentado nos fundos, em frente à janela, sua surrada máquina de escrever portátil, verde, sobre a mesa, as longas pernas cruzadas, um lápis preso entre os dentes. Seu cabelo escuro estava arrepiado no lugar onde ele o torcia entre dois dedos, hábito que vinha de criança, sempre que pensava em alguma coisa. Valerie costumava imaginar se um dia haveria um princípio de calvície onde seus dedos brincavam, mas, até então, ele estava com sorte.

Freddy levantou os olhos e sorriu para ela, revelando os dentes perfeitos em seu rosto bronzeado e corado, os olhos cheios de energia.

Estava rabiscando em um caderno, que fechou ao vê-la.

Ela pediu um *citron pressé*, encantada com a visão de Freddy Lea-Sparrow em Paris.

Ao se sentar, ele lhe deu uma piscadela de parar o coração.

Ela segurou o fôlego. Será que deveria mesmo seguir o conselho de Madame Joubert e perguntar-lhe diretamente se ele tinha ido até ali por estar apaixonado por ela? Deu uma risada nervosa.

Diante do olhar intrigado dele, ela se acovardou e perguntou: "Como vai seu apartamento?".

"Bom, acho que poderia classificá-lo como mansarda, na verdade, para minha sorte. Quero dizer, eu não poderia ter vindo a Paris como escritor para viver em um lugar que não fosse uma mansarda, percebe? Existe certa expectativa, um padrão que a pessoa precisa seguir."

Ela sorriu e deu um gole na limonada que o garçom havia trazido. "O que classifica um apartamento como uma mansarda, exatamente? É por ele estar no sótão?", ela perguntou com o cenho franzido.

"É, mas veja bem: poderia tranquilamente ser uma cobertura se não houvesse critério, mas não existe esse perigo na minha mansarda. Primeiro, há o fato de eu poder tocar nas duas paredes, ficando parado no meio..."

"Ah, eu também, no meu quarto."

Ele riu. "Então somos uma dupla. Mesmo assim, tenho uma pia quebrada, cheiro de mofo e uma vista distante do puteiro da esquina. Também não é de todo mal, eles usam veludo vermelho na decoração. E fica em Montmartre, então, aparentemente, tudo é perdoável."

"É mesmo?"

"É, só que não é tão ruim, e o puteiro só tem uma prostituta solitária, chamada Madame Flausier, que faz a melhor *tarte tatin* de damasco que existe. E ela não tem vergonha de fazer amizade com desconhecidos."

Valerie ficou boquiaberta. "Fred-dy."

Ele sorriu. "Ela tem 73 anos. Acho que, se eu estivesse interessado, ela poderia largar a aposentadoria..."

Ela riu e o cutucou nas costelas. "Pare de provocar."

"Impossível."

Ela apertou seu braço. Aquilo *seria* impossível.

"E aí?", ele disse, olhando-a com ar de interrogação.

"O que?"

"A livraria, seu avô... Como vai tudo? Tive que me mudar para esta maldita Paris só para me atualizar. Você sabe que agora existem essas coisas chamadas telefones, totalmente disponíveis, certo? Além de cartas? Você poderia ter tentado."

Ela concordou. "Eu sei, me desculpe. Tive que tomar cuidado. E se eu escrevesse para você e você escrevesse de volta me chamando de Valerie... Ou se Monsieur Dupont lesse a carta..."

"Val, sou jornalista, não sou idiota."

Ela deu de ombros. "É."

"Então, como ele é?"

Ela contou.

Os dois almoçaram e passaram a tomar vinho. No final do intervalo, quando Valerie precisou voltar para a livraria, eles mal tinham entrado no assunto.

Os olhos de Freddy estavam sérios. "Gostaria de conhecê-lo."

"Eu também gostaria, mas você vai ter que se lembrar de não me chamar de Valerie. Prometa, Freddy. Se você disser esse nome uma vez, acho que ele descobriria. Ele já disse que eu lembro sua filha."

Freddy ficou surpreso. "Então você com certeza deveria contar para ele!"

Ela sacudiu a cabeça e mordeu o lábio. "Ainda não. Eles estão começando a se abrir comigo agora, acabei de..."

"Eles?"

"Monsieur Dupont e sua vizinha, Madame Joubert." Valerie teve que admitir: "Ela, principalmente, começou a me contar sobre a minha mãe, sobre a Ocupação. Acho que eles precisam de alguém para falar sobre isso, embora, é claro, Monsieur Dupont pareça se fechar a qualquer menção à guerra. Ele simplesmente se isola, fervendo com sua raiva reprimida. Não sei como ele reagiria se eu contasse tudo agora".

"O que quer dizer?"

"Monsieur Dupont é um pouco imprevisível. Tia Amélie diz que ele é temperamental, o que é verdade, mas ele é, sei lá, fácil de se enfurecer, e é provável que ficasse furioso ao pensar que foi enganado por mim. Só quero saber mais antes de dizer qualquer coisa. Sinto que isso é mais importante do que simplesmente dizer quem sou; essa é a oportunidade que eu não tinha considerado quando cheguei aqui. Escutar sobre a minha mãe, descobrir quem ela era antes de morrer, descobrir até *como* ela morreu. E se eu contar a eles quem sou, corro o risco de fazer com que parem de falar, e não quero correr esse risco, ainda não. Não agora que descobri, finalmente, uma pequena parte dela."

Freddy apertou sua mão. Não precisava dizer nada. Era aquele gesto simples que dizia "eu entendo, sei como é". Ela queria ter coragem de, pelo menos, dizer como se sentia em relação a ele, revelar algo verdadeiro sobre si mesma naquele momento. Mas, quando uma linda garçonete passou pelos dois, e ele lhe deu um sorriso, Valerie tornou a se segurar. Naquele exato momento, o peso de todas as coisas que ela precisava dizer parecia uma bola de chumbo despencando dentro do seu peito, dificultando até sua respiração.

⤙ CAPÍTULO ONZE ⤚

O APARTAMENTO ESTAVA SILENCIOSO, o céu do amanhecer tinha a cor de um velho hematoma, cinza-estanho e silencioso. Nem mesmo os passarinhos tinham começado a cantar quando Valerie desceu da cama e tirou a velha mala surrada lá debaixo, colocando-a em cima do colchão. No bolso interno estava a fotografia que tia Amélie havia lhe dado na infância. A única foto que tinha da mãe. Era preta e branca e mostrava uma jovem Mireille, com longos cabelos loiros, sentada sobre as pernas próximo a uma janela. Havia um gato em seu colo, e ela ria olhando para ele.

Valerie tocou a foto e sussurrou: "O que aconteceu com você? Por que ninguém me conta?".

Mal parecia real que ela estivesse ali, naquele apartamento onde sua mãe tinha crescido, onde ela própria tinha passado seus primeiros anos. Agora, tinha mais certeza disso do que nunca. Certeza até de que uma vez, muito tempo atrás, aquele fora seu quarto. Ela tinha escolhido o quarto pintado de azul, como os olhos da mãe.

Mas isso era verdade ou apenas fruto da sua imaginação? Quanto do que ela pensava se lembrar não passava de artifícios de uma mente desesperada tentando preencher as partes que faltavam em sua própria história? Guardou a fotografia de volta na mala e empurrou-a para debaixo da cama.

Pelo menos, lembrou a si mesma, por mais que pudesse ser doloroso, por mais que tudo aquilo pudesse dar errado, ela acabaria sabendo quem era, a quem tinha pertencido. Sua mãe merecia isso, a mulher na fotografia, de rosto bondoso e bochechas rosadas, merecia que a filha soubesse quem ela era.

***

Valerie parecia um corvo, recolhendo tudo que via ou ouvia sobre a mãe, que depois reunia, como gravetos de diversos tamanhos, espalhados entre pedras preciosas e lixo, para formar, como um ninho, um esboço de quem Mireille havia sido. Encontrou amostras de sua letra cursiva em antigos cartões de identificação e nas margens de livros, uma almofada feita por ela com a palavra "Gribouiller" bordada, uma aquarela de flores primaveris pendurada na parede com uma leve assinatura embaixo, um "M" cursivo no canto. Ela estivera ali. Tinha andado por aqueles assoalhos, dormido entre aquelas paredes. Tinha rido e chorado ali, e em algum lugar escondido havia mais da sua história; bastava que Valerie conseguisse encontrar a chave certa, as palavras certas para extrair as lembranças dos lábios de Dupont e Madame Joubert.

Então, procurava coisas, maneiras de lembrá-los, de incentivá-los a compartilhar suas histórias, por mais doloroso que fosse. Queria ser levada de volta com eles ao passado para que a mãe pudesse viver com ela de alguma forma, agora, e no futuro.

Logicamente, com Dupont era mais difícil. Ele não se abria com facilidade, especialmente em relação ao passado. Mas, quando o fazia, era tão bem-vindo quanto uma chuva leve numa terra árida.

O que fazia seu coração parar eram as simples confissões que, às vezes, saíam dos seus lábios. Como no dia em que ela pegou um exemplar de *O jardim secreto*, que ficara sobre uma mesa, e folheou suas páginas, lendo as primeiras palavras. Ele chegou e tocou em seu ombro, dizendo com a voz um pouco triste: "Este era o livro preferido de Mireille quando ela era uma garotinha. Deve ter lido mil vezes. Costumava ir com ele para todo canto. Sempre que íamos a algum lugar, eu dizia 'Vá pegar um livro para ler no caminho', e ela disparava para dentro e pegava este, mesmo que tivéssemos todos esses para escolher". Enquanto falava, suas mãos abrangiam a riqueza de livros da loja. Ele sorriu com a lembrança, embora seus olhos parecessem tristes.

Valerie olhou para ele com o coração acelerado.

"Ela sempre costumava dizer que quando..." Ele parou e limpou a garganta, buscando os cigarros com as mãos trêmulas, um franzido entre os olhos.

"Ela costumava dizer...", prontificou-se Valerie.

Dupont suspirou, seu olhar pousando na mesa por um instante, na pilha de livros em brochura que precisavam voltar para as prateleiras. "Ela costumava dizer que mal podia esperar para compartilhá-lo com os filhos, talvez um dia começar seu próprio jardim com eles, se tivesse algum."

Valerie ficou com a garganta apertada ao perceber que, de algum modo, Mireille tinha acabado encontrando uma maneira de dividir sua história preferida com a filha. "Também é meu livro preferido", disse baixinho.

Seus olhos arderam de lágrimas ao se lembrar disso. Sempre houvera em seu quarto, em Londres, um exemplar velho, de páginas amareladas com as pontas dobradas, sempre. Ficava em sua mesa de cabeceira desde sua mais remota lembrança. Tinha seu próprio cheiro, as páginas onduladas da vez em que o levou para o banho e ele escorregou, fazendo com que ela precisasse secá-lo ao sol. Ou da vez em que ficou sujo de geleia de morango, quando ela não foi à escola por estar com caxumba, e aquela era a única coisa que de fato fazia com que se sentisse melhor. Era essa espécie de livro, o tipo que sempre sai da estante, que se torna ainda mais precioso pelo seu desgaste e seu valor sentimental, como um antigo bichinho de pelúcia.

Agora, Valerie não conseguia se lembrar de onde tinha vindo o livro. Teria sido da mãe? Teria sido levado no dia em que ela fugiu com Amélie pelas ruas de Paris, quando ainda era uma garotinha? Como é que não soubera disso todo esse tempo?

Dupont sorriu e tocou novamente em seu ombro. Na verdade, deu um tapinha desajeitado. "Acho que ela teria gostado de você", disse, antes de sair arrastando os pés, deixando Valerie petrificada, tentando não chorar.

***

Freddy sempre dizia que, se alguém procurasse muito uma história, acabaria encontrando. Todas as vezes em que Dupont estava fora do apartamento, Valerie procurava. Procurava cartas, fotografias, qualquer coisa que revelasse o que tinha acontecido com sua mãe, que revelasse quem ela era.

Conforme o amanhecer coloriu o céu com um leve tom de violeta, ela se vestiu e desceu para começar o dia, medindo várias colheres cheias de café puro e forte para pôr na cafeteira. Pegou duas canecas no armário e ficou à espera.

Pôde ouvi-lo começando a se mexer no andar de cima, a maneira como seus joelhos rangiam ao se esticar e o estalar alto das velhas juntas, que passaram a ser sons conhecidos, saudando o começo e o fim de cada dia, como suportes de livros.

O gato estava à porta, e ela a abriu para deixá-lo entrar. Ele assumiu seu posto em cima da escrivaninha de Dupont, acomodando-se para passar o dia.

Valerie se permitiu um sorriso quando, não muito depois, Dupont desceu, cumprimentando-a com um gesto de cabeça, depois assumindo seu próprio posto de comando na poltrona estofada.

Era sábado, sempre um dia agitado na loja. Nas poucas semanas em que Valerie estava trabalhando ali, havia corrido a notícia de que a Gribouiller tinha uma nova vendedora, e alguns dos clientes que tinham jurado nunca mais voltar, cerrando os punhos para Dupont, começavam a se esgueirar de volta. Talvez soubessem que era menos provável que ela fizesse algum comentário sobre suas compras, exatamente como ele fazia agora a uma pobre alma que tinha ido em busca de um exemplar de *O morro dos ventos uivantes*, de Emily Brontë. Era uma moça com longos cabelos soltos, divididos ao meio com precisão, que estava ficando vermelha com as palavras de Dupont: "*Mon Dieu*, poupe-me das charnecas e de Heathcliff", ele lamentou, sacudindo a cabeça e colocando o livro sobre a mesa. "Por que não tenta *Jane Eyre*, em vez deste? Se é que insiste em ler as Brontë. Ou *A senhora de Wildfell Hall*, muito subestimado e, de fato, tão bom quanto."

O rubor da cliente foi aumentando e Valerie apareceu para salvar o dia. Pegou o livro e levou a moça pelo pulso até sua própria mesa para terminar a venda, lançando um comentário para Dupont: "*Monsieur*, Heathcliff não será vetado. O senhor pode receitar todos os vegetais que quiser, mas o coração não confundirá batatas com chocolate". Ela piscou para a menina, que saiu da loja com o livro agarrado junto ao peito.

"Pff", foi só o que Dupont disse. Depois, no entanto, ela poderia jurar que o ouviu rindo.

***

Mais tarde naquele dia, quando Dupont saiu da loja para levar o rendimento semanal até o banco, o olhar de Valerie pousou na escrivaninha dele e ela mordeu o lábio. Ele parecia um urso com um espinho na pata quando ela ousava esvaziar os cinzeiros que ficavam sobre a mesa. Estava coberta de livros, papéis amassados e lembranças. Ao final de todos os dias, Dupont trancava uma das gavetas, enfiando a pequena chave de latão dentro do bolso do seu cardigã. Era possível que algumas das respostas que ela procurava estivessem escondidas ali.

O problema era que, se ela fosse pega olhando dentro daquela escrivaninha, tudo poderia acabar mais cedo do que gostaria. E ela não queria isso, não agora. Mesmo assim, sabia que ele ficaria fora por, no mínimo, uma hora; era a oportunidade perfeita.

Observou-o seguir tranquilamente pela rua, com seu arrastar diferenciado e um cigarro preso entre os dentes, e correu para a escrivaninha, evitando o olhar acusatório do gato, que observava enquanto ela remexia com cuidado os papéis e livros espalhados, forrando a superfície. Não havia nada ali. Tentou a gaveta, que estava fechada. Então, avistou o cardigã dele pendurado no cabide ao lado da porta e acreditou que estava com sorte; a chave estava dentro, o que significava que ele ainda não tinha aberto a gaveta desde a noite anterior. Voltou para a escrivaninha e abriu-a, surpresa ao descobrir que a gaveta estava muito mais arrumada do que pensava, embora totalmente cheia de papéis e cartas. Seu coração acelerou quando viu que também havia dezenas de fotografias. Pegou algumas e sentou-se na poltrona, segurando uma que a deixou sem fôlego. Era da sua mãe, e era colorida! Ligeiramente desbotada pelo tempo, mas ainda incrivelmente conservada. Era a primeira vez que via a cor do cabelo da mãe, um loiro claro prateado, e dos seus olhos, mais escuros do que os de Dupont, quase azuis-marinhos, mas de um tom surpreendente que realçava seu rosto em formato de coração. Os olhos tinham uma expressão levemente triste, embora ela estivesse sorrindo. Seu rosto era muito parecido com o de Valerie.

Ela tocou a foto, o cenho franzido, os olhos ardendo com as lágrimas.

"O que está fazendo?", disse uma voz atrás dela, e Valerie, com medo, derrubou a pilha de fotografias e cartas.

Levantou os olhos e viu Madame Joubert encarando-a, as mãos na cintura, seu corpanzil imponente na luz clara da tarde.

Valerie engoliu em seco e curvou-se, rapidamente, para pegar as cartas e fotografias, enfiando-as depressa dentro da gaveta. Suas mãos tremiam ao encarar a mulher.

"Eu..." Ela hesitou. Quanto Madame Joubert tinha visto? Não havia como fingir que não estava espionando. O flagra era óbvio. O que aconteceria se ela contasse a Dupont?

Mordeu o lábio e ensaiou uma mentira que soou rasa até em seus próprios ouvidos. "Eu queria dar um jeito na escrivaninha dele, arrumar enquanto ele estivesse fora. Está tão bagunçada!"

Diante da expressão sombria de Madame Joubert, Valerie percebeu que ela não cairia nessa; tinha visto as fotografias e as cartas. Valerie engoliu em seco. "E a-a gaveta estava aberta", mentiu. "Fiquei curiosa. Me desculpe. Fiquei curiosa em relação a ele e Mireille, e ao que aconteceu durante a guerra", ela disse com sinceridade.

Para sua surpresa, o rosto de Madame Joubert suavizou-se e ela se aproximou. A fotografia que Valerie estivera olhando tinha caído atrás da cadeira, e Madame Joubert inclinou-se para pegá-la. Ao se endireitar, colocou a mão no coração. Olhou para a foto e soltou o ar, fazendo um "o" com seus lábios vermelhos, os olhos marejados de lágrimas. "Eu tinha me esquecido disso. Naquela época, era um luxo ter uma fotografia colorida, sabe, durante a guerra."

Valerie piscou. "Foi tirada durante a guerra?"

Madame Joubert assentiu com a cabeça. "Eles tiraram", ela disse, e seus lábios afinaram-se, contraídos, curvando-se de desgosto. "Foi o oficial nazista que fez aquele buraco de bala na parede. Eles queriam a foto para a *revista* deles", ela disse "revista" com desdém.

Valerie ficou intrigada, e a expressão de Madame Joubert tornou-se tensa novamente. "Naquela época, só os nazistas tinham dinheiro para imprimir em cores."

✦ CAPÍTULO DOZE ✦

1940

Mireille esperou por Clotilde na porta dos fundos, odiando que tivessem sido reduzidas a isso. Estava cansada, com sombras escuras debaixo dos olhos. Desde que os alemães tinham se apossado da maior parte da loja, passava o dia todo ouvindo suas vozes graves, em *staccato*. Cada palavra era como um martelo em seus nervos, e já não conseguia mais aguentar aquilo; ansiava por paz. Paz também da bomba-relógio que era seu pai, parecendo prestes a explodir a qualquer momento e esganar Valter Kroeling com suas próprias mãos. Esganá-lo por possuir aqueles perigosos olhos azuis aguados que seguiam sua filha onde quer que ela fosse, como um cheiro ruim.

"Posso ajudá-lo em alguma coisa, velho?", Kroeling havia perguntado na tarde anterior, notando como o rosto de Dupont tinha ficado vermelho ao observar o olhar fixo em sua filha, como se ela fosse uma presa.

"Pode. Você me ajudaria enormemente indo para o in..."

"Papa!", interrompeu Mireille, a voz aguda em alerta, e o pai parou com relutância, seus lábios soltando um tênue "Pff", como um pneu que se esvazia lentamente. Mireille travou o maxilar enquanto os olhos de Kroeling brilhavam em triunfo. Na última vez em que Dupont tinha se manifestado contra Kroeling, o nazista ameaçara matá-lo com um tiro, e ela o viu atacar o pai com uma força surpreendente, a ponto de derrubá-lo. Ao ver o pai deitado no chão, o sangue pingando dos seus lábios, o olhar enraivecido para o nazista, Mireille precisou correr até ele e pedir que não dissesse mais nada. A partir daí, ele teve que se controlar. Sua vida dependia disso.

Naquela situação, Mireille podia lidar com os olhares de Kroeling, com o modo como seus olhos a seguiam por toda parte e até com o fato de ter que esperar ele ficar de costas para conseguir ir ao toalete sem ser seguida, mas não suportava a ideia de que, como consequência, algo acontecesse a seu pai.

Mireille encostou-se à porta. Tinha 19 anos, mas naquele momento sentia-se mais perto dos 40. Rezou, ainda que havia muito deixara de suplicar ajuda aos céus, para que algo acontecesse a Valter Kroeling – uma bala, uma faca ou, no mínimo, que ele fosse mandado para outro lugar –, mas ele estava sempre ali, a qualquer hora que ela se virasse, com seu sorriso de bigodinho e seus dentes pontudos, prontos para extrair seu sangue, como um parasita sugando a vida diretamente dela.

Foi por isso que, quando Clotilde veio pela rua pisando forte, com os ombros retos – apesar da estrela que agora era forçada a pregar em suas roupas, enquanto as outras mulheres da sua idade usavam o que quisessem – e o olhar decidido, Mireille soube que algo havia mudado. Para melhor, era o que esperava.

"Aqui não", Clotilde sussurrou. "Vamos para o parque."

Ela concordou. Andaram rapidamente ao longo do Sena até entrarem no parque. Estava frio, e havia cheiro de chuva e de algo mais no ar, como uma possibilidade.

Quando olhou para Clotilde, viu que, pela primeira vez em semanas, seu cabelo ruivo parecia ter voltado a brilhar e balançar, e ela tornara a usar seu batom costumeiro. Ao adentrarem fundo no parque, o som das folhas estalando sob seus pés, ela descobriu o motivo.

"Juntei-me à resistência", cochichou, passando o braço em volta do de Mireille.

Ela arregalou os olhos azuis. "Clotilde!"

"Shhh."

"Clotilde, jura?" Mireille ficou sem fôlego, em parte por nervosismo, em parte por excitação. Pela primeira vez em dias sentiu que alguma coisa mudava dentro dela, como um facho de luz incidindo num quarto escuro.

"Juro. Somos um grupo pequeno. Estamos pintando avisos, mensagens." Seus lábios esboçavam uma expressão quase divertida.

"Avisos e mensagens? De que tipo?"

"Que Paris jamais será deles. Que estamos aqui, e estamos ficando mais fortes a cada dia."

"Mas o que isso faz para... Como é que isso ajuda?", perguntou Mireille.

"Ajuda a mostrar ao povo de Paris que eles não estão sós. Mostra aos alemães que eles não conquistaram todos nós, não ainda."

Fazia algum tempo que elas estavam andando quando Clotilde apontou um grande muro grafitado, de onde escorria tinta preta. Dizia: *Resista*.

Mireille virou-se para a amiga com os olhos brilhando.

Ao deixarem o parque, ela já estava decidida a se juntar.

***

O problema foi que, mais tarde naquela noite, ela pensou o que realmente significaria se juntar. Para ela. Para eles. Acima de tudo, para seu pai. Valeria a pena arriscar sua vida por alguns avisos grafitados? Mesmo que isso significasse deixar seu pai sozinho com os nazistas, especialmente com Valter Kroeling? Estremeceu com essa ideia. Caso ela sumisse, quanto tempo demoraria para que ele fosse morto? Do jeito que as coisas iam, ele estava por um fio. Tinha ficado claro que a maneira mais segura de impedi-lo de ir preso era mantê-lo o máximo de tempo possível longe da livraria, e mesmo isso era como tentar controlar a maré. Não havia nada que eles pudessem fazer. Mesmo que, agora, quisessem fechar a loja, não poderiam; precisavam do dinheiro e, além disso, não tinham para onde ir, e a ideia de deixar o apartamento para os nazistas, para Valter Kroeling em particular, era nauseante.

Apesar dos riscos, apesar do fato de não fazer sentido arriscar tanto por tão pouco, no fim, o que a fez decidir se juntar foi a maneira como se sentiu aquele dia no parque, seus olhos brilhando, a leve brisa de verão agitando seu cabelo, aquela sensação de que, finalmente, ali estava algo que fazia a vida voltar a valer a pena.

Saiu com Clotilde no meio da noite, vestida de preto, e, junto com algumas antigas colegas de escola, pintou avisos de resistência nos muros da cidade. Voltou para casa antes do amanhecer com o coração disparado, mas a alma lavada. De certo modo, isso tornou mais suportável ter que lidar com Valter Kroeling. Mas, quando descobriu tinta preta debaixo dos dedos, apesar do esforço para limpá-los, apertou-os juntos, como um distintivo de honra secreto.

"Só tome cuidado", cochichou seu pai, na segunda noite, quando ela entrou furtivamente ao amanhecer. Seu coração se encolheu de medo ao ver a cabeça grisalha aparecer na escada. "Clotilde... Bom, ela nunca conseguiu fazer nada pela metade, você sabe disso."

"Vai dar certo, Papa. Ela não fará nada que nos coloque em risco."

Era verdade. Tratava-se de uma operação bem engrenada. Clotilde conhecia o cronograma de todos os militares alemães estacionados em seu bairro; sabia quando eles faziam uma pausa, onde gostavam de se esconder, à espreita. Ela era como um gato, rondando a cidade tarde da noite.

Mireille não perguntou como o pai soubera onde elas haviam estado. Sabia que ele tinha seus próprios espiões.

Ele, então, olhou para ela, sacudindo a cabeça. "Não gosto disso. Soube que eles começaram a punir os que encontram. Algumas mensagens pintadas valem a sua vida?"

Ela sentiu seu corpo gelar com essas palavras. Ele suspirou. "Estou fazendo tudo o que posso", sua voz falhou levemente, dilacerando o coração da filha, "para aguentá-los aqui durante o dia, e agora você faz isso à noite?". A decepção em seus olhos foi demais para ela. Sabia que ele tinha razão. Mesmo assim, ele simplesmente não entendia.

"Preciso fazer alguma coisa, Papa, ou vou enlouquecer."

O rosto dele se suavizou levemente. "Preferiria que não", foi tudo o que disse. E isso foi pior do que se tivesse gritado. Ele não a proibiu de ir. Talvez tivesse sido melhor se proibisse. Como resultado, ela se sentiu dilacerada.

❧ CAPÍTULO TREZE ❧

MIREILLE DETESTOU TER QUE ADMITIR, mas seu pai estava certo: Clotilde se tornara imprudente. Até ela podia ver isso, agora. Nas últimas semanas, sua amiga tinha passado de rabiscar mensagens de resistência nos muros da cidade a entregar mensagens, correspondências secretas da rede dos mais altos escalões da resistência. Mensagens que ajudavam a espalhar notícias de ataques planejados contra oficiais, que ajudavam soldados capturados a escapar, forjando documentos. Se fossem encontradas, seria morta. Não havia dúvida quanto a isso.

Mireille se preocupava com ela, pois tinha começado a se arriscar demais. Antes, sempre tinha alguém de vigia, alguém a postos que as avisava, que as ajudava a ficar fora da vista para não serem pegas. No início, Clotilde ficava fora uma ou duas noites por semana, quando Mireille juntava-se a ela, mas agora era a noite toda, o dia todo. Quanto tempo levaria até ser capturada?

"Agora, isso é mais do que rabiscos nas paredes", Clotilde havia explicado uma noite, quando a chuva batia nos telhados, abafando sua voz, depois de Mireille ter esperado na escada, até depois da meia-noite, a amiga voltar para casa. Um eco do aviso que tinha recebido do pai algumas semanas antes.

Os olhos escuros de Clotilde brilharam quando ela entrou na loja e viu Mireille esperando. Já não havia nenhuma Estrela de Davi pregada em sua lapela. Se os nazistas vissem isso, ela certamente seria mandada para a prisão.

"Clotilde, estou preocupada. É demais. Você precisa ir mais devagar. Por favor."

A amiga sacudiu os cachos ruivos e endireitou os ombros largos. "Tem mais gente entrando. Tem esse homem, De Gaulle, que manda transmissões radiofônicas secretas. Era isso que eu estava fazendo essa noite. Apenas escutando. Escutando tudo que eles planejaram – é assim que vamos recuperar nosso país, de dentro para fora. Estamos muito perto agora, Mireille. Vamos nos livrar deles se trabalharmos em conjunto. Mas, primeiro, precisamos combater esse medo que eles nos fizeram sentir. Eles estão nos levando a pensar que somos mais fracos, com esses estúpidos toques de recolher... Porque sabem que é quando vamos revidar, e vamos mesmo", ela disse, batendo seu grande punho na palma da mão. "Você vai ver. Confie em mim."

Mireille concordou. Era o que queria, acima de tudo. Todos os dias, os nazistas levavam um pouco da dignidade de todos, impondo toques de recolher, racionamentos e regras – regras que agora significavam que sua melhor amiga já não era "aceitável". Era impensável; Clotilde era a pessoa mais corajosa que ela conhecia.

Mireille acordou cansada na manhã seguinte, com o estômago roncando de fome. Era uma situação nova. O racionamento que os nazistas haviam imposto a eles fazia com que, em alguns dias, não houvesse o suficiente para suprir a ela, seu pai e Clotilde – que, como judia, recebia ainda menos. Juntamente com o estresse de ter os nazistas constantemente dentro da loja, sua fome levava-a, agora, a estar sempre estressada, no limite, e isso transparecia.

***

O médico do exército, Mattaus Fredericks, voltou à Gribouiller seis semanas após ter encomendado seu dicionário médico. Com o passar do tempo, percebeu que o livro que havia pedido já não era tão necessário; nos últimos meses, se viu obrigado a aprender, rapidamente, os termos médicos em francês. Afinal de contas, a dor falava apenas uma língua. Mesmo assim, quando a jovem Mademoiselle Mireille, da livraria, telefonou-lhe para dizer que o livro tinha chegado, decidiu ir buscá-lo, em grande parte para rever seu rosto. Não havia muito para animar seus dias no hospital, e estava mais ansioso para ver a linda e jovem livreira do que gostaria de admitir.

Ao entrar, seus olhos deram com ela sentada atrás de uma grande escrivaninha, lidando com uma papelada. Limpou a garganta para chamar sua atenção. Ela ergueu os olhos com o ar cansado, e ele ficou chocado ao ver a mudança que sofrera desde que se viram pela primeira vez. Seus grandes olhos azuis tinham perdido a vivacidade, e o brilho prateado já não era tão evidente em seu cabelo loiro, cortado na altura dos ombros. Sua pele estava quase cinza. Continuava linda, mas tinha uma aparência ligeiramente desbotada, como uma pintura em aquarela.

"Ah, Herr *Doktor*", disse, levantando-se para buscar o dicionário que havia colocado em uma prateleira próxima, juntamente com as outras encomendas. Ele era memorável, com seus olhos verdes vivos, seu cabelo loiro escuro e seu porte grande e musculoso.

Ele olhou para ela. Parecia mais magra. "Você está bem, mademoiselle? Parece um pouco pálida, triste."

Ela endireitou o corpo e sua boca abriu-se ligeiramente, como se não acreditasse no que estava ouvindo. Seus olhos azuis foram tomados de um furor súbito. Aproximou-se com raiva, a mão fechada em punho.

"Triste? Você realmente está me perguntando por que eu pareço triste?"

O olhar dela passou dele para o outro lado da loja, onde o bando de soldados nazistas se entretinha com a prensa num canto.

Ele inspirou entredentes. Ela havia falado baixo, apenas ele pôde escutar, mas sua resposta tinha sido gélida. Na mesma hora ele se arrependeu da pergunta.

Mireille bufou. "Às vezes vocês, alemães, perguntam um pouco demais. Já não basta estarem *aqui*? Com certeza sabem que é impossível estarmos felizes com isso." Ela fez um pequeno som de deboche, depois continuou, procurando se recompor: "O fato de eu ser educada basta? É tudo o que tenho, e isso também já está se esgotando agora. Pouca comida tende a surtir esse efeito".

Ela jogou o livro para ele e forçou um sorriso falso. "Tenha um bom dia", disse, dispensando-o.

Ele não fez menção de ir embora. Pegando sua carteira, disse: "Ainda não paguei".

Um músculo contraiu-se no maxilar de Mireille, e ela disse: "Esqueça".

"Eu insisto", ele respondeu, pondo o dinheiro na mesa.

Mesmo assim, não foi embora.

Mireille rangeu os dentes e ele ficou olhando fixamente para ela, observando-a com algo mais do que certa preocupação.

"Posso ser útil em mais alguma coisa?", ela perguntou, mal conseguindo se controlar. Apesar de todos os sermões que fazia para seu querido pai, a verdade é que tinha herdado ao menos um pouco do seu temperamento.

"Você tem comida suficiente?", ele perguntou. "São comuns as deficiências em ferro nas mulheres, principalmente quando existe racionamento de comida. Escolha bem e certifique-se de comer vegetais verdes, carne, e de descansar o suficiente."

Ela arregalou os olhos. "Descansar? Como é que eu posso descansar, monsieur, quando seus homens estão sempre aqui, sempre?"

Como se a cena tivesse sido ensaiada, e talvez para defender o que considerava seu território, Valter Kroeling entrou na loja, que estivera relativamente em paz naquela manhã, com o militar fora do caminho. Viu Mireille e o médico e o cumprimentou com uma saudação: "Herr *Stabsarzt* Fredericks", embora seus olhos claros e aguados parecessem transparecer certa suspeita.

"Kroeling."

"Mademoiselle", Kroeling disse embolado, virando-se para ela e revelando seus dentes pontudos num sorriso que lembrava um rato, e que sempre gelava o coração de Mireille. "Temos que rever a nova encomenda. Têm alguns livros nela que agora foram banidos." Ele dirigiu ao médico um sorriso contido. "Eu não gostaria que a jovem senhorita e seu pai tivessem qualquer problema", explicou a Fredericks, que, para seu evidente desgosto, ainda não tinha ido embora.

"Então você instalou a prensa aqui", disse Fredericks, virando-se para Kroeling com a sobrancelha levantada. Kroeling confirmou em silêncio.

"Achei que estivesse decidido que este lugar era pequeno demais."

"Para nós, funciona muito bem", disse Kroeling, fechando a cara. "Além disso, o local é perfeito para a distribuição dos nossos panfletos."

Como um oficial médico veterano, Fredericks tinha o direito de interrogar e sugerir melhorias, particularmente se fosse algo que impactasse a saúde e a segurança do exército. E sugestões desse teor não podiam ser ignoradas, sobretudo sendo do interesse do Reich.

Fredericks olhou os homens amontoados na outra metade da loja, compartilhando uma grande mesa coberta com pilhas de revistas e jornais. A pequena prensa ocupava a maior parte do espaço, juntamente com as máquinas de escrever e todo o resto. Parecia entulhado e barulhento.

"Está provocando certo estresse na família. Eu recomendaria que fossem consideradas outras instalações. Parece... entulhado. Ineficiente..."

Os olhos de Kroeling faiscaram diante daquela afronta, mas ele se conteve.

"Talvez, então, possamos conseguir mais espaço assumindo toda a loja. Pensamos que seria uma gentileza deixar o negócio com a família. Com certeza nenhum outro negócio poderia ser mais *estressante*."

O rosto de Fredericks ficou impassível. "É, vocês poderiam fazer isso, mas mesmo assim o espaço seria pequeno demais. E é uma livraria muito boa, no centro de Paris, que atende a uma porção de gente. Eu não gostaria de preencher um relatório sobre o fato de essa atividade parecer menos do que eficiente, até mesmo aleatória."

Talvez essa palavra tenha sido o fator decisivo.

"Pode ser que o mais fácil seja mudar as instalações, mas guardar alguns panfletos aqui para facilitar a distribuição, considerando sua boa localização, como você diz. Isso poderia ser um acerto justo."

Kroeling parecia estar lutando contra sentimentos homicidas, mas se limitou a inclinar a cabeça. A palavra "aleatória" em relação a seu trabalho teria sido fatal, e ele sabia disso.

"Faremos como o senhor sugere, mas, como gerente da livraria, indicado por Herr Brassling" – Brassling era capitão de um grupo e superior a Fredericks – "farei questão de realizar visitas regulares", garantiu a Mireille, os olhos escuros culpando-a por isso. Sua expressão deixou claro que ele sentia que ela havia dito algo sobre a situação ao médico, ou ele jamais teria interferido.

"Particularmente, porque parece que foram encomendados alguns livros que não são permitidos."

Fredericks concordou: "Isso parece razoável".

Ele olhou para Mireille, que o encarou de volta, surpresa. Será que aquele homem que ela tinha acabado de insultar conseguira, de algum modo, realizar seu sonho de passar menos tempo com os nazistas e suas revistas, principalmente com Valter Kroeling?

Ela não era boba de agradecer, mas foi dele o primeiro sorriso sincero que dirigiu a alguém depois de um bom tempo, especialmente quando Kroeling começou a gritar ordens para seus comandados levarem as coisas para o quartel-general alemão, a quase dez quilômetros de distância.

✦ CAPÍTULO QUATORZE ✦

DEPOIS DE TER IDO BUSCAR O DICIONÁRIO, Mattaus Fredericks aparecia na Gribouiller toda semana. Sempre comprava um livro, mas ela sabia, da mesma forma que todas as mulheres parecem saber essas coisas, que, na verdade, ele ia vê-la. Dava uma conferida nela como se fosse uma de suas pacientes.

Eventualmente levava frutas e vegetais extras e, às vezes, até carne. Quando Mireille fez menção de recusar os presentes, ele lhe disse que eram excedentes do hospital. "Eles fornecem a mais para nós. A comida é quantificada para um lugar com duzentos leitos. Na maioria dos dias, não preenchemos esse número, então temos comida em excesso, que acabaria no lixo. Achei que, talvez, você pudesse usá-la em vez de jogarmos fora, mas se preferir posso..."

"Não, tudo bem, a gente aceita. Obrigada."

Mireille era orgulhosa e, em grande parte, queria recusar os presentes do médico, mas a verdade era que Clotilde podia contar cada uma das suas costelas, e ela mesma passara a usar vestidos um número menor, apesar do fato de ter sido esbelta desde sempre. Elas poderiam aproveitar a comida, não importando de onde vinha.

Nas semanas que se seguiram, Mattaus ficou feliz ao ver a cor voltar ao rosto da moça e o cansaço diminuir ao redor dos seus olhos, agora que ela recebia nutrientes melhores e já não estava sob o constante olhar vigilante de Valter Kroeling.

Apesar da interferência de Mattaus, no entanto, Kroeling não deixara de comparecer várias vezes por semana. Mas, agora que já não ficava instalado na livraria o dia todo, Mireille sentiu, pela primeira vez em meses, que podia realmente respirar.

Seu pai também conseguiu retomar o trabalho, uma vez que havia menos chances de perder a paciência e acabar preso, agora que a prensa não estava mais instalada em sua pequena loja.

No entanto, dias depois, tudo mudou. Mattaus chegou à loja na mesma hora que Valter Kroeling, que foi logo dizendo: "Vejo que voltou mais uma vez, Herr *Stabsarzt*. Estou surpreso que prefira esta livraria, uma vez que existe uma muito mais próxima do hospital".

O médico conseguiu dar um sorriso educado, e disse. "Existe. Mas infelizmente não é tão boa, nem tão bem abastecida."

Outro oficial nazista olhou do médico para Mireille, que estava ocupada acrescentando um novo estoque às prateleiras, e ergueu uma sobrancelha. "Talvez seja algo mais que atraia o doutor aqui."

Um dos homens de Kroeling riu e brincou: "Talvez seja o bistrô que funciona como bordel, virando a esquina".

O médico se virou para olhar o homem, que pareceu lembrar-se rapidamente da boa educação: "Peço desculpas, capitão".

"Ótimo."

Quando Kroeling e seus homens saíram, Mireille perguntou ao médico: "Por que eles te chamaram de capitão?". Estava curiosa, só isso. Curiosa em relação ao homem que Kroeling parecia, ao mesmo tempo, odiar e respeitar, e curiosa porque, de certo modo, sua vida tinha melhorado devido àquilo, apesar de não querer se sentir agradecida demais pela presença de um oficial nazista em sua vida. Não sabia ao certo se ele esperava algo em troca da sua gentileza, e não queria se ver escapando por pouco da chama para acabar caindo em um incêndio.

"Porque, embora eu seja médico, também sou capitão."

Ela acenou com a cabeça. Não se sentiu nem um pouco melhor por seu novo "amigo" ser um nazista de alta patente. Não se sentiu melhor sob nenhum aspecto.

O outro problema em ter Mattaus Fredericks frequentando a loja com tal assiduidade era que Kroeling o havia notado. Talvez o rapaz tenha visto isso como um desafio. O resultado infeliz foi que o alívio temporário de sua constante presença, tão desfrutado por ela, teve um fim, e ele começou a comparecer com mais frequência, às vezes duas vezes por dia. Mesmo depois que a loja estava oficialmente fechada, ela o via ali, esperando junto à porta.

O novo arranjo foi particularmente perigoso para Clotilde. Embora ela tomasse cuidado para se disfarçar sempre que assumia uma missão, ver Valter Kroeling perto do apartamento e saber que, agora, ele observava a loja em horários estranhos, significava que ela precisava ser ainda mais cuidadosa.

"Só diminua um pouco, por enquanto", avisou Mireille. "O risco é grande demais."

Clotilde ficou zangada. "É isso que eles querem, que a gente se sinta vencida. Que a gente ache que não tem escolha a não ser parar de lutar, desistir. Não vou deixar que vençam."

Mireille sacudiu a cabeça. Estava cansada. Cansada de todos os jogos, da política, dos esquemas. "Eles já não venceram?"

Clotilde sacudiu a cabeça. "Não, ainda não."

Ela convencera Mireille a usar a livraria como um dos pontos de repasse das correspondências secretas da resistência. Era fácil enfiar um recado em um livro e entregá-lo para um dos membros, que era sempre uma mulher de cachecol vermelho. Ela enfiava o recado no bolso e o passava para Clotilde à noite. Mireille havia feito algumas dessas trocas nas últimas semanas. Em todas as vezes, ficava emocionada por saber que fazia isso debaixo do nariz de Valter Kroeling e até de Mattaus Fredericks. Mas, agora, Kroeling criara o hábito de aparecer em horários estranhos, quando ela menos esperava. Aquilo deixara de ser seguro.

"Não podemos continuar, Clotilde. Não aqui. Você viu como ele observa a gente. Vai descobrir."

Clotilde concordou e Mireille soltou um suspiro de alívio, embora essa sensação não fosse durar. Sua amiga endireitou os ombros. "Só preciso achar outro lugar para as trocas. Não posso parar. Não agora."

"Gostaria que parasse. Está ficando cada vez mais perigoso, principalmente para você."

Mireille se referia à crescente hostilidade que os alemães mostravam para com os judeus.

"É por isso que preciso continuar lutando, percebe?"

Era quase hora do toque de recolher quando Valter Kroeling apareceu na livraria uma semana depois, em meados do outono, bêbado. Entrou na loja com a chave que tinha mandado fazer, enquanto Mireille estava ocupada, limpando. Ela estava sozinha e engoliu em seco ao vê-lo ali. Ele lhe deu um sorriso malicioso ao entrar cambaleante, soltando um assobio de gelar os ossos, claramente feliz por vê-la só.

"Estava pensando se algum dia a encontraria só, *Fräulein*", disse, seus lábios trêmulos sob o bigode reto, os dentes afiados como agulhas reluzindo saliva em um sorriso perturbador.

O coração de Mireille começou a bater forte. Olhou de relance para a escada por onde seu pai havia subido.

"Sinto muito, Herr *Leutnant* Kroeling, que a loja agora esteja fechada. Eu estava encerrando o expediente antes de ir para a cama."

O sorriso de Kroeling aumentou. "Isso é um convite?"

Ela deu um passo atrás. "Não, sinto muito... Quero dizer, vou subir. Meu pai..."

"Certamente ele pode esperar. Isso não vai levar muito tempo", disse o soldado.

Antes que ela se desse conta, ele a pegou nos braços, o rosto a centímetros do seu, o hálito azedo de uísque vencido e cigarros, que atingiu suas narinas como um murro, enquanto ele a puxava para si, com brutalidade, para um beijo.

"Não!", ela gritou. "Por favor, me solte!"

Ele riu e a apertou ainda mais, esmagando-a, sufocando-a. A ideia era mostrar apenas uma coisa: o quanto era mais forte do que ela.

"Você me provocou por tempo demais, me jogando contra seu médico. Pensei que você pudesse ser dele, mas verifiquei para ter certeza e vi que me enganei."

"Eu estou... Estou com o médico", ela disse de repente, com medo nos olhos, agarrando-se à mentira como a um bote salva-vidas.

"Não, *Fräulein*, ele negou isso. Ele não vem aqui, a não ser no dia de buscar seus livros. Acho que você só pertence a mim, e acho que até ele sabe disso", ele disse.

De repente, seus olhos ficaram escuros, ameaçadores, e sua boca atirou-se contra a dela com força e grosseria. Ela lutou, sentindo como se fosse engasgar, quando a língua dele entrou em sua boca, quente e rançosa, com gosto de álcool e algo mais que era todo como ele, oleoso e hediondo. Mireille investiu contra ele, chutando, batendo e arranhando para se soltar, quando, por fim, ele a largou. Ela arfou em busca de ar e ele a esbofeteou, atirando-a ao chão. O cômodo começou a oscilar e ela viu estrelas, o sangue correndo para seus ouvidos enquanto tentava rastejar até a porta. Ele a agarrou pelo tornozelo, puxando-a para trás com força, as unhas dela raspando no assoalho. Ela gritava e as lágrimas escorriam. Kroeling pesou o corpo sobre o dela, os olhos reluzindo vitória. Tampou a boca dela com a mão abafando seus gritos e enfiou a mão na calça, levantando em seguida a saia dela.

Houve um estalo alto de repente, e o peso de Kroeling se foi. Com o coração disparado no peito, Mireille olhou para cima, em meio à névoa das suas lágrimas. Viu o rosto do pai e o sangue em suas mãos.

"Papa", disse baixinho. "O que você fez?"

✦ CAPÍTULO QUINZE ✦

MIREILLE SE APROXIMOU DO CORPO de Valter Kroeling para verificar se ele ainda respirava. Ele estava de bruços e havia sangue no assoalho. Ela tremia ao colocar o ouvido nos lábios dele. Rezava, também. Escutou o ritmo lento da sua respiração e caiu para trás, sentada, fechando os olhos, balançando para frente e para trás, os soluços presos na garganta. Seu pai correu para abraçá-la, ajoelhando-se no chão e acolhendo-a nos braços.

Ela deitou a cabeça em seu ombro, respirando no seu cheiro reconfortante e familiar, e os soluços vieram com mais força.

"Está tudo bem agora", disse Vincent. "Ele não vai te machucar."

Ela sacudiu a cabeça, lutando por ar, o queixo trêmulo. "Não é isso, Papa. O que eles farão com você quando descobrirem o que fez?"

Ele olhou para ela, incrédulo, seus olhos azuis intensos. "Ele tentou te *estuprar* em nossa própria casa. Eu estava defendendo *a minha filha*. Eles têm que entender isso, têm que ver que eu só estava te protegendo. Além disso, ele estava bêbado, fora de si."

Ela sacudiu a cabeça. Desejou que ele estivesse certo, mas, depois de ter sido exposta àqueles militares nazistas todos os dias, não era idiota. "Ah, Papa, eles nunca culparão Kroeling por isso, nunca, não sem uma testemunha... uma testemunha alemã", acrescentou. "Nunca vão acreditar na nossa palavra."

Foi então que ele olhou para ela e, pela primeira vez, percebeu a rapidez com que ela tivera que amadurecer, e como esse fato era realmente trágico e aterrorizante.

Mireille e o pai moveram Valter Kroeling para o pequeno depósito no andar de baixo e bloquearam a porta. Vincent insistiu que, quando o soldado acordasse e ele tivesse que enfrentar um interrogatório, diria a verdade, embora talvez até ele soubesse que sua chance de escapar do pelotão de fuzilamento era mínima. Foi por esse motivo que decidiu arquitetar um plano.

Pela manhã, pagou a um menino para levar uma mensagem ao médico Mattaus Fredericks, pedindo que viesse rápido.

Quando Mattaus chegou, Vincent levou o dedo aos lábios e o guiou ao depósito onde Valter Kroeling, esparramado no chão, dormia profundamente, um grande hematoma arroxeado cobrindo seu olho. Sua boca estava aberta e ele roncava, exalando um fedor forte e repugnante de álcool vencido. Mattaus se inclinou para examiná-lo, torcendo o nariz devido ao mau cheiro.

"Parece que ele foi nocauteado."

Dupont confirmou. "É porque ele foi... Por mim."

Mattaus ergueu uma sobrancelha e Dupont disse: "Fiz isso quando o encontrei tentando pegar minha filha à força".

Os olhos do médico faiscaram de raiva. Ele se levantou de repente, fazendo sinal para que Dupont o seguisse.

"Ele tentou estuprar Mireille?"

Dupont voltou a confirmar. "Tentou, ontem à noite."

"Não conseguiu?"

Dupont fechou os olhos. Não gostava de admitir como tinha chegado perto. Se ele não estivesse no andar de cima... Se não tivesse escutado os baques no andar de baixo...

"Não chegou tão longe."

O médico suspirou de alívio. Dupont continuou:

"Ouça, quando ele acordar, provavelmente estará tudo acabado para mim. Sei disso. Sei o que fazem com pessoas que vão contra o exército alemão, e ele não é um homem razoável... Não se trata de mim. Pedi para você vir porque acho que, à sua maneira, você se preocupa com a minha filha. Antes de tentar estuprá-la ontem à noite, Kroeling disse a ela que só tinha mantido distância porque achava que havia uma chance de ela ser sua 'mulher'. Embora eu não queira que você me entenda mal, nem que faça tal coisa acontecer, gostaria que tomasse conta dela, se possível, caso eu seja morto."

O médico concordou. "Cuidarei dela, te garanto. Mas com certeza não chegará a isso."

***

Mattaus acordou Valter Kroeling com um balde de água gelada. Kroeling despertou assustado, resmungando e balançando ao tentar se levantar, então se sentou. Suas mãos foram até a cabeça manchada de sangue, e ele foi ficando zangado à medida que os acontecimentos da noite voltavam rapidamente à sua memória.

"Vou matar aquele velho com minhas próprias mãos! Devia ter feito isso no meu primeiro dia aqui!"

Seus punhos fecharam-se ao lado e ele cambaleou para frente, gritando e ameaçando. Mattaus colocou uma mão pesada em seu ombro. O médico era um sujeito grande e imponente, e Kroeling parou ao fitar seu rosto gélido.

"Acho que vai ser difícil você fazer isso enquanto eu estiver aqui. Não depois do que você fez."

"O que eu fiz?" Valter Kroeling pareceu não ter noção. Depois, seus olhos escureceram e ele escarneceu: "Ah, a vaca. Imagino que ela tenha lhe dito alguma mentira. Você acreditou nela?".

"Acreditei."

"Bom, então você é um idiota."

"E você é um estuprador."

Os olhos de Kroeling faiscaram. "Ou apenas um amante. Você já parou para pensar que essa atitude inocente dela pode ser só encenação?"

Mattaus rangeu os dentes. "Dê o fora desta loja imediatamente. Vá e curta essa bebedeira. É uma ordem."

Kroeling esfregou a cabeça e virou-se para sair, mas não sem antes soltar: "Aquele velho não pode bater em um militar e se safar...".

O médico suspirou. "Eu disse para cair fora!"

Kroeling crispou os lábios. "Isso não acabou."

Mattaus sabia que aquilo era um aviso. Depois que ele saiu, o médico murmurou: "Não, não acabou". Kroeling estava com raiva e parecia fora do controle. Aquilo não era bom.

***

Foram buscar Dupont naquela tarde. Os homens de Kroeling levaram o pai algemado e espancado, enquanto Mireille gritava e chorava. Por enquanto, ele apenas iria preso. Ao que parecia, Mattaus havia conseguido convencê-los de que a melhor opção seria o encarceramento para um pai que achava que a filha estava sendo estuprada e agira em sua defesa.

Mireille os seguiu até a cadeia, pedindo, implorando, mas seus apelos não foram ouvidos. Quando voltou ao apartamento, temeu que houvesse alguém lá dentro. Entrou com o coração na boca e encontrou uma mala de homem, além de uma caixa de pertences ao lado da escada. Pegou uma pequena imagem da Virgem Maria, que estava sobre a prateleira, e subiu. Se Kroeling estivesse lá, ela lutaria. Resistência ou morte era sua decisão. Não deixaria que ele terminasse o que havia começado na noite anterior.

Ao entrar no apartamento, arregalou os olhos ao ver o médico sentado no sofá, a sua espera.

"O que está fazendo aqui?", perguntou, chocada.

Ele mordeu o lábio inferior por um momento, como se não soubesse por onde começar. "Estou me mudando para cá."

Ela perdeu o fôlego. "Você está *o que*?"

Ele se levantou e ela sentiu os joelhos bambos. Seria possível que aquilo estivesse acontecendo de novo? Ele era muito alto e *grande*. Tinha parecido gentil, de certa maneira, apesar do tamanho, mas talvez não fosse. Será que todos os homens dali eram loucos, selvagens?

Ele ergueu as mãos ao vê-la apertar a imagem, como se estivesse pronta para usá-la como arma.

"Só estou aqui para te proteger."

Desconcertada, ela abaixou a arma ligeiramente. "Me proteger?"

"É... Seu pai..."

"Não preciso da proteção do meu pai."

Ele deu um breve sorriso, revelando dentes muito regulares. "Claro que não. O que estou dizendo é que seu pai conversou comigo..."

"Ele falou com você?"

"Ele me contou o que aconteceu ontem à noite. Estava preocupado que, se fosse levado, a coisa se repetiria." Ele olhou para o outro lado, sem encará-la. "Ele me contou o que Kroeling disse, o que tentou fazer... e como isso poderia ter sido impedido. Como Kroeling tinha se mantido à distância, no início, por pensar que você pudesse ser... minha."

Mireille mordeu o lábio. "Não quero ser sua mulher", disse, usando inconscientemente as palavras com que Kroeling a tinha provocado. Sentiu seu estômago revirar, e lágrimas caíram. Era demais, depois de tudo que já havia acontecido.

Ele deu um passo para trás. "Eu não pediria... Não estou pedindo agora. Não forçarei..." Ele parou, engoliu em seco e tentou, em vão, se explicar. "Como eu disse, estou aqui pela sua proteção. Posso usar o quarto no final do apartamento?"

Mireille olhou para ele. Era uma pergunta, não uma ordem. Por fim, suas palavras pareceram fazer sentido: ele queria ficar para protegê-la de Kroeling. Claro que, com seu pai fora, havia grandes chances de ele voltar para terminar o que tinha começado. Seus joelhos ficaram bambos; sentiu o ar saindo do peito numa súbita gratidão. Era o menor quarto, e só tinha um guarda-roupa de criança.

"Pode", ela disse. "Eu..." Limpou a garganta. "Obrigada. Me desculpe pelo que disse."

Ele ergueu a mão, dispensando suas palavras, e acenou com a cabeça. "Boa noite, então. Por favor, chame se precisar de mim."

E ela o viu sair, sem sabe o que dizer; odiando que ele estivesse ali, odiando o quanto se sentia grata por isso, e odiando mais do que tudo o fato de, por causa de pessoas como ele, ela estar naquela situação, para começo de conversa.

➤ CAPÍTULO DEZESSEIS ➤

1962

"Dupont foi preso?", perguntou Valerie, chocada. "Por defender a filha?"

Madame Joubert confirmou com a cabeça, os olhos tristes. "Ele golpeou um militar, ferindo-o seriamente. Eles não ouviram o outro lado da história. O que Dupont fez era o suficiente para que fosse executado. Só não foi porque o outro oficial, o médico, interveio a favor de Mireille. Mesmo assim, ele ficou preso por quatro meses."

Valerie sacudiu a cabeça. "Que mundo louco era esse. Não consigo imaginar."

Madame Joubert concordou, olhando pensativa enquanto Valerie guardava a fotografia de volta na escrivaninha de Dupont, e disse: "Bom, pelo menos em relação a você, estou satisfeita".

Valerie inclinou a cabeça, confusa, mas a mulher continuou: "Me diga, *chérie*, quando é que você vai contar a ele?"

Valerie franziu o cenho. "Como é?"

A mão de Madame Joubert permanecia em seu ombro, delicada, apesar do seu considerável tamanho. Seus olhos escuros revelavam compreensão, e ela pegou uma mecha do cabelo de Valerie, correndo-a por entre os dedos.

"Quando é que você vai contar a ele quem você é de verdade?"

Valerie empalideceu, arregalando os olhos.

"Você é filha de Mireille, não é?"

O coração de Valerie começou a bater alto em seus ouvidos. Ela mordeu o lábio devagar; depois, como se finalmente fosse deixar escapar algo seríssimo, algo que parecia um peso em seu pescoço, confirmou com a cabeça.

Foi aí, quando Madame Joubert ficou sem fala, soltando soluços profundos e silenciosos que sacudiam seu corpo de dentro para fora, uma mão agarrando a escrivaninha, como se seus joelhos fossem falhar, que Valerie percebeu que a mulher não sabia. Não para valer. Era só uma esperança.

***

Valerie deixou um recado para Dupont avisando que voltaria mais tarde, que ele não se preocupasse com o jantar dela. Abriu uma lata de atum para o gato, e telefonou para Freddy, dizendo que se encontraria com ele na noite seguinte.

Foi com Madame Joubert até a floricultura e a ajudou a entrar, os dedos da senhora tremendo, as lágrimas escorrendo sem parar pelo rosto, enquanto Valerie a auxiliava a subir a escada até seu pequeno apartamento de dois quartos. Lá, serviu uma taça de vinho para cada uma delas, desejando que houvesse algo mais forte.

"Ma-mas como?", perguntou Madame Joubert quando, por fim, recobrou o fôlego. Agarrou a mão de Valerie como se fosse um balão, como se tivesse medo de que ela fosse voar para longe.

"Como o que?", perguntou Valerie, confusa, ao se sentar ao lado dela no grande sofá verde-musgo, afundando-se nas almofadas de veludo sedoso.

Os olhos de Madame Joubert estavam imensos; o kajal tinha escorrido sob eles, deixando manchas de tinta. Valerie nunca tinha visto aquela mulher glamorosa tão vulnerável, tão frágil.

Madame Joubert olhou fixo para ela, sacudindo a cabeça. "Como é que você está aqui? Como achou a gente?"

"Minha tia... A prima de Mireille, Amélie, me contou sobre meu avô quando fiz 20 anos. Achou que eu tinha o direito de saber."

Madame Joubert voltou a sacudir a cabeça. "Ah, Amélie", murmurou. "O que você fez?"

Valerie sentiu seu rosto ficar vermelho de raiva. "Eu tinha o direito de saber, mesmo que ele não... não me queira na vida dele. Eu tinha o direito de saber que ele estava vivo, e por que me entregou para alguém."

Madame Joubert pousou seus confusos olhos escuros em Valerie. "Não queira você... Foi isso que Amélie disse?" Ela sacudiu a cabeça. "Você quer dizer que, depois que ela te contou que ele estava vivo, ela não disse por que você foi levada para viver com ela?"

Foi a vez de Valerie ficar confusa. "Ela disse que meu avô me entregou, que ele não queria fazer parte da minha vida, que ele disse que, para mim, seria melhor eu pensar que ele estava morto. Quando cresci, tia Amélie achou – pelo menos foi o que ela disse – que eu tinha o direito de saber."

***

No dia em que Valerie soube disso, encontrou sua tia sentada em sua cama, olhando para o jardim da sua casa no norte de Londres, o céu começando a avermelhar.

Lá embaixo, a música continuava tocando. Alguém tinha colocado os Beatles, e Freddy fazia sua melhor personificação de John Lennon.

Ela tinha levado seus presentes para cima – livros, pulôveres, cadernos de amigos e da família que a conheciam tão bem – quando viu tia Amélie sentada ali, sozinha. Seu rosto estava estranhamente sombrio, com uma ruga entre os olhos.

"Você está bem?", perguntou Valerie, preocupada, colocando seus presentes na cadeira e se perguntando por que ela estaria ali sentada, quase no escuro.

Amélie fez que sim e respirou fundo, como se estivesse juntando coragem. "Estou bem. Venha se sentar aqui."

Na mão da tia estava a pequena fotografia da sua mãe, que Valerie sempre mantinha no porta-retratos ao lado da cama. Valerie olhou para ela, mas não disse nada. Não era comum sua tia falar sobre sua mãe; normalmente, quando Valerie tentava, ela mudava de assunto.

"Ando pensando na sua mãe, Mireille. Nós crescemos longe uma da outra. Ela em Paris, eu em Haute-Provence, nas montanhas. Seja como for, ela era minha prima e eu gostava dela, mesmo que a gente nunca tenha conseguido se ver tanto quanto gostaríamos."

Valerie pegou a fotografia. Fazia um bom tempo desde que ela realmente tinha olhado a imagem em preto e branco e visto a *mãe* ali sentada, e não uma moça com um gato e um rosto sorridente.

"Acho que está na hora de te dizer a verdade."

O coração de Valerie disparou. O clima estava tenso. "O que você quer dizer?"

Amélie suspirou e colocou a fotografia de volta na mesa de cabeceira. "Seu avô, Vincent, ainda está vivo."

"Eu tenho um avô?" Valerie ficou chocada. Amélie sempre tinha dito que não sobrara ninguém. *Ninguém*. A não ser ela.

"Tem, foi ele quem deu você para mim depois que sua mãe morreu. Ele quis que eu te levasse para longe da guerra, de Paris."

"Ele me deu para você?", exclamou Valerie, tentando processar isso, sem entender. "Ele quis que eu ficasse a salvo?"

"Sim... e não. Ele quis que você crescesse longe da França. Longe da guerra. Quis que você tivesse uma casa melhor. Mas ele também achou que seria melhor, mais fácil para você, de certo modo, se você pensasse que ele estava morto."

Valerie piscou. As palavras da tia eram como vidro: para onde quer que se virasse, elas pareciam capazes de cortar. Seu avô era o único familiar direto que ela tinha, e ele não a queria? "Ele quis que eu pensasse que ele estava morto?"

"Quis."

"Por quê? Por que ele me odiava?"

Amélie fechou os olhos. "Não era ódio. Por favor, não pense isso. Acho que ele se preocupava com você à maneira dele. Ele não poderia ficar com você."

"Então ele precisou fazer você mentir, e fez isso para o meu bem?"

"Vai ver ele achou que um dia você poderia procurar por ele."

"Por que ele não iria querer isso?"

Amélie sacudiu a cabeça. "Só ele tem essa resposta."

***

Madame Joubert tomou um gole de vinho e sacudiu a cabeça. "Mas ela não te contou a verdade. Acho que Dupont morreria ao saber que você pensava que ele não te quis." Sua voz falhou e ela fechou os olhos. "Foi exatamente o oposto."

Valerie piscou, a esperança vibrando em seu peito. Engoliu com dificuldade, mas as lágrimas ainda ardiam em seus olhos. "Não acho que isso possa ser verdade. Se ele me queria, então por que não mandou me buscar depois que a guerra acabou?"

Madame Joubert bufou, como se procurasse coragem para dizer o que precisava ser dito. "Porque, querida, a guerra jamais acabaria, não para você. Não se você ficasse aqui, em Paris."

❧ CAPÍTULO DEZESSETE ❧

1940

Era começo de novembro, e Mireille não conseguia dormir sabendo que havia um nazista dormindo a cinquenta metros dela. Estava preocupada com o pai e com Clotilde, que não via havia três dias.

Cada som era ampliado na escuridão. Cada estalo era uma bala, cada sombra, um homem com uma faca. Quando amanheceu, havia sombras profundas sob seus olhos inchados e vermelhos de lágrimas.

Ao chegar à cozinha vestida com seu robe, os pés descalços e frios no assoalho encerado de madeira, seu coração saltou de medo ao ver a enorme silhueta de Mattaus imóvel na penumbra.

Ele percebeu o susto e se virou para ela com uma ruga na testa. "Eu te assustei. Me desculpe. Pensei em fazer café", ele disse, apontando a cafeteira e pegando, no armário, uma caneca para ela. Era algo muito simples, um pequeno ato doméstico que, de certo modo, pareceu ainda mais pessoal e invasivo. Nem Kroeling havia entrado em sua cozinha. Ela não o tinha imaginado ali, num lugar que, até durante os piores dias, fora um refúgio que lhe passara despercebido, até então.

Mireille fechou os olhos por um instante. Queria, em parte, gritar, berrar, dizer-lhe para sair da cozinha, da sua casa, da sua vida. Mas pegou a caneca que ele a estendia, depois suspirou. A verdade é que ela sabia que deveria ser grata, porque se ele estava ali, significava que Valter Kroeling não estava, e pelo menos o médico, apesar de ser alemão, apesar de ser um nazista, não tinha esquecido o significado de ser um cavalheiro – pelo menos até o momento.

"Obrigada", ela murmurou. Não estava se referindo ao café, e talvez ele soubesse disso, porque disse: "Era o que eu gostaria que alguém tivesse feito pela minha irmã, Greta. Ela é três anos mais nova do que eu, professora. Ela odeia isso". Desviou os olhos, parecendo estar triste.

Mireille franziu a testa. "Odeia o que?"

"A guerra. Já perdemos um irmão nela."

Ela olhou para ele, percebendo, talvez pela primeira vez, que do outro lado havia mulheres como ela, que estavam perdendo seus pais e irmãos, que não queriam nada além do fim da guerra. Engoliu com dificuldade. "Eu também odeio." Parecia que seus olhos estavam cheios de vidro, como se ela tivesse envelhecido cem anos durante a noite. Desviou os olhos do olhar condoído dele.

"Você parece exausta."

Ela suspirou. "Não consegui dormir."

"Seu pai ficará bem, eles não vão maltratá-lo. Garanti isso."

Ela soltou outro suspiro trêmulo e dirigiu-lhe um leve sorriso. "Monsieur Fredericks, muito obrigada, esta família é grata a você."

"Embora preferisse não ter que ser."

A sombra de um sorriso passou pelo rosto de Mireille. "É, não posso negar isso."

O leve relaxamento dos seus traços, mostrando a menina sob a dor e o sofrimento, tocou o coração dele. Pousou a caneca na mesa da cozinha. "Vou sair agora. Preciso ir ao hospital. Volto no final da tarde, por volta das 6."

"Não precisa me pôr a par dos seus planos", disse Mireille.

Ele endireitou o corpo, seus olhos verdes calorosos. "Só estou dizendo para você não se assustar mais tarde."

Ela fechou os olhos. É, fazia sentido. Ele estava sendo gentil. Era estranho pensar em alguém como ele sendo uma pessoa gentil. Ela se perguntou se isso também seria perigoso.

Ele colocou um molho de chaves de latão sobre a mesa. "Essas são as novas chaves da loja e do apartamento. Troquei as fechaduras ontem à noite. Meu pai era chaveiro em Lorraine", contou.

Isso explicava os barulhos que ela tinha ouvido no meio da noite, como se alguém estivesse arrombando a porta. Ele estava tentando impedir exatamente isso.

"Mantenha as portas trancadas. Apesar dos meus esforços para levar Kroeling a julgamento, ele ainda é um homem livre, embora não seja mais responsável pelas produções impressas, uma vez que se acredita que estivesse negligenciando suas obrigações."

Mireille ficou chocada. "Então ele não virá mais aqui."

Fredericks deu de ombros. "Não em função oficial, tenho certeza, mas o que sei é que um homem desse tipo não ficará satisfeito com o que aconteceu, e tenho medo de que tente se vingar. Não de mim, mas de você." Ele travou o maxilar. "Então, por favor, mantenha as portas trancadas, principalmente à noite."

***

A prisão estava superlotada. Sentia-se o fedor de corpos não lavados, de doença e desespero. O racionamento mostrava seus efeitos, e, ali na prisão, muitas das almas mais pobres da cidade, forçadas a encarar algo contra o qual não podiam lidar, andaram vivendo precariamente, tentando combater um exército de armas de fogo e tanques com facas e armas caseiras. Eram elas que pagavam o preço mais alto.

Apesar de todos os pedidos de Mireille, apesar de usar o nome de Mattaus, não a deixaram ver o pai.

Um guarda de rosto austero ocupava-se com uma imensa papelada – a eficiência alemã no seu melhor –, acrescentando ainda mais nomes a uma infindável lista de traidores, parisienses que jamais recuperariam a liberdade. Parecia entediado e bem nutrido, e mal olhou para ela.

"Nada de visitas."

"Por favor."

Seu rosto permaneceu imóvel, e ele continuou preenchendo a lista.

"Por favor, monsieur, meu pai precisa de mim. Estou preocupada com ele. Posso vê-lo só por um momento?"

"Não", respondeu o guarda, com o rosto impassível. "Ele cometeu um crime."

Mireille sentiu seu coração afundar. "Pode lhe dar um recado, por favor?"

"Nada de recados."

Ela fechou os olhos. Ele nem se dera ao trabalho de olhar para ela. Cerrou as mãos em punhos quando um grupo de militares nazistas passou por ela, cada um olhando-a com gosto. Engoliu sua frustração e deixou a prisão com os ombros curvados.

Ao voltar para o apartamento, viu um homem magro, de cabelo escuro, esperando em frente à loja. Parecia ter espiado pela vitrine. Era francês e pobre, a julgar pelo estado de suas roupas e sua atitude.

"Posso ajudar?"

Ele olhou para ela, depois endireitou o corpo, o rosto endurecendo ligeiramente. Parecia maltrapilho, como se não tomasse banho nem se barbeasse havia dias.

"Você é a pirralha do livreiro?"

Ela franziu o cenho diante daquele tom grosseiro. "Como é?"

Ele deu um sorriso malicioso e continuou com um pouco mais de educação, mas sarcástico, como se ela fosse idiota: "Seu pai é dono desta loja?".

"É."

Ele bufou e coçou a cabeça, olhando para a livraria. "Deve ser bom", disse, seus olhos escuros reluzindo rancor. Em seguida, cuspiu próximo aos pés dela. "Ter um nazista rico tomando conta de você. Vejo que está dando um bom uso para esse corpinho. Para algumas dá certo, não é?"

Ela arregalou os olhos, atônita. "O quê?"

Ele chupou os dentes, dirigindo-lhe um olhar de puro desprezo. "Nada."

Olhou para a rua, depois tornou a olhar para ela, atrevendo-se a perguntar: "Você não tem alguma comida sobrando aí dentro, tem?".

"Não."

Ele xingou, chamando-a de puta nazista, antes de ir para o outro lado da rua, onde ficou fazendo hora, sem deixar de encará-la.

Por um momento, Mireille ficou congelada onde estava, como se tivesse sido estapeada. Depois abriu a porta da livraria, os dedos atrapalhando-se com as chaves novas, que deixou cair na calçada, a garganta se fechando. Foi apenas depois de entrar e trancar a porta, encostando a cabeça nela, que parou de tremer.

Várias horas depois, o homem continuava ali, do outro lado da rua. Aquilo a deixou nervosa. Queria que ele fosse embora. Seus olhos escuros acompanhavam cada movimento dela, com uma mescla de desprezo e cobiça. Parecia que estava estacionado ali, mas por qual motivo, senão tentar fazê-la se sentir uma espécie de traidora, Mireille não saberia dizer.

O resultado foi que nem chegou a abrir a livraria nesse dia. Valter Kroeling e a ida do seu pai para a prisão, sem mencionar o francês sem-teto e zangado do outro lado da rua, tudo parecia combinado para garantir que ela se sentisse um animal encurralado dentro da sua própria casa.

✦ CAPÍTULO DEZOITO ✦

1962

As palavras de Madame Joubert ecoaram na cabeça de Valerie como um tiro. "A guerra nunca teria terminado. Não para você, se ficasse."

Valerie olhou para ela, intrigada. "O que quer dizer?"

Ela sacudiu a cabeça e disse: "Só quis dizer que seu avô teve seus motivos. Acima de tudo, ele quis te proteger".

"Me proteger do quê? De saber a verdade sobre quem sou, de onde vim?"

Madame Joubert suspirou e pousou sua taça de vinho. "Sim, mas mais do que isso. Você não sabe, não viu como eles tratavam as crianças como você, aqui. Foi melhor assim, acredite em mim."

Valerie se recostou no sofá. Crianças como ela? O que aquilo queria dizer? E então, de repente, ela se deu conta da verdade e do que tinha sido escondido dela, do porquê de ter sido mandada embora. Curvou-se, incapaz de respirar. Viu estrelas e, por um momento, pensou que fosse vomitar.

Com os olhos vidrados e a cabeça nos joelhos, virou-se para Madame Joubert, que recomeçara a chorar, e disse todas as palavras, arrastando o segredo sombrio que haviam tentado esconder dela para dentro da luz fria do apartamento, onde ele deslizou como algo vivo com um ferrão venenoso. "Meu pai era um *nazista*."

E tudo que Madame Joubert pôde fazer foi concordar, e depois chorar, juntamente com ela.

***

Depois disso, Valerie saiu do apartamento em disparada, mal conseguindo enxergar aonde estava indo em meio à bruma de lágrimas que embaçava seus olhos, as mãos tremendo descontroladamente, como se a forte certeza sobre quem ela era tivesse virado poeira sob seus pés.

"Por favor, não conte ao Monsieur Dupont quem eu sou", disse, antes de sair. "Ainda não. Quero saber o resto, o que aconteceu com a minha mãe... So-sobre meu pai. Você era amiga dela, a melhor amiga. Deve isso à filha dela, por favor. Depois eu conto para ele."

Madame Joubert fechou os olhos e concordou, melancólica, derrotada: "Está bem".

Valerie recuperou o fôlego, depois se encostou na proteção da escada. "Obrigada. Eu voltarei... Não sei quando... Para ouvir o resto, mas esta noite não posso escutar mais. Eu não aguentaria."

Madame Joubert tinha enxugado as lágrimas. Ela mesma parecia esgotada. "Eu entendo."

Valerie passou o resto da noite caminhando pelas ruas de Paris. Era como se alguém tivesse jogado uma granada em seu caminho e ela tentasse, de algum modo, achar um jeito de sair dos destroços. Não prestou atenção em quase nada, não viu os pontos turísticos de Paris à noite, nem os namorados caminhando pela Pont Neuf ou a torre Eiffel banhada de luzes. Não escutou a música de um clube de jazz, nem o som de risadas levadas pelo frio ar noturno ao longo do Sena.

De algum modo, embora não pudesse explicar como – nem que ruas havia pegado nem quanto tempo tinha caminhado –, viu-se no apartamento de Freddy. Seu rímel escorria como dois rios pelo rosto. Ele abriu a porta, chocado. Ainda estava de terno, a camisa branca com o colarinho aberto, o cabelo escuro todo espetado.

"Val, amor, o que aconteceu?", perguntou, olhando seu rosto.

Ela sacudiu a cabeça e desmoronou. "Des-descobri por que eles me de-deram."

Ele a levou para dentro do apartamento, depois a puxou para um abraço apertado e cochichou em seu ouvido: "Então eles te contaram? Sobre seu pai?".

Ela olhou para ele com o cenho franzido. "O quê?"

"Que ele era um oficial alemão", disse Freddy. A palavra "nazista" pesava no ar.

Seus pulmões pareceram ficar instantaneamente sem ar. "Você *sabia*?"

"Imaginei", ele disse, não a deixando se soltar do abraço mesmo quando ela lutou contra ele, tentou empurrá-lo. Ele era forte, apesar de magro. "Mas depois eu pesquisei. Sou jornalista", ele disse, tentando se defender.

Ela desabou em seu pequeno sofá – que afundava no meio, o estofamento exposto como uma barriga volumosa –, e aceitou a dose de vodca que ele lhe serviu em sua caneca de pasta de dente, já que o restante da louça estava empilhado no canto da pia mofada. Tinha um ligeiro gosto de hortelã.

"Você *imaginou*." Ela repetiu suas palavras, incrédula. Nunca tinha imaginado tal coisa. Nunca. Mas agora, sentada ali, olhando o papel de parede verde descascado, o colchão manchado no canto da sala e a minúscula janela do tamanho de um envelope, que se abria para um bistrô, onde mesmo agora, às 3 da manhã, dava para ouvir jazz, percebeu que fazia sentido adivinhar aquilo.

Ele se sentou ao lado dela, mas não disse uma palavra. Seus grandes olhos castanhos pareciam preocupados.

Não estivera brincando. O apartamento era de fato uma mansarda, intragável de maneira geral. Era tão pavoroso que, apesar de sua recente consternação, não podia deixar de perceber o quanto era terrivelmente precário. "Não consigo acreditar que você more aqui."

Ele deu de ombros. "É por isso que passo a maior parte do tempo no Café de Flore."

Ela deu um novo gole na vodca com gosto de hortelã, depois disse: "Hemingway?".

"Hemingway", ele confirmou.

A vodca começou a fazer um efeito ligeiramente dormente. Ela não sorriu, apenas sacudiu a cabeça e repetiu: "Você sabia. Todo esse tempo".

"Não o tempo todo, mas a maior parte, sim."

Valerie fechou os olhos. Não sabia como se sentir a respeito: traição? Raiva? "Por que não me contou?"

"Eu..." Freddy hesitou. Depois, chegou mais perto dela, a mão tocando seu joelho. "Eu sabia que você receberia a notícia assim, como se isso significasse algo sobre *você*."

Ela abriu os olhos e franziu a testa. "E não é verdade? Meu pai era um maldito *nazista*. O que isso faz de mim?"

Ele sacudiu a cabeça e apertou a mão dela. "Faz de você, você. Você continua a mesma pessoa. Sei que eles estavam seguindo o cara mais perverso, mais demoníaco que existia, mas..."

"Não faça isso, Freddy, não faça. Só porque essa situação parece o inferno, não tente justificar o que eles fizeram."

Ele passou a mão no cabelo, que ficou ainda mais espetado. "Não vou, mas não fique pensando que as escolhas dele são suas. E, mesmo assim, você não sabe quem ele era por dentro. Ele pode ter sido o cara mais sórdido em vida, mas você não é, Val. Acho, se é que isso ajuda, que você precisa pensar nisso como um culto; eles sofreram lavagem cerebral... E nem todos os nossos caras eram incríveis, eles também estupraram e saquearam. Descobri certas coisas, entende? Também não estou arrumando uma desculpa, juro para você, só estou dizendo que não é tão preto no branco como nós todos gostamos de imaginar, e você não deveria deixar que isso mude a maneira como você se vê."

"É, mas muda, não é?", disse Valerie.

Ela não tinha certeza de como essa descoberta poderia não mudar a maneira como se via. Finalmente, entendia o que tia Amélie queria dizer. Não podia fechar aquela caixa de Pandora, não agora, depois de ela ter sido aberta. Agora, entendia por que Amélie não quisera contar para ela, por que havia dito estas palavras: "Só ele poderia te dizer". Só Dupont. Amélie não queria se responsabilizar por estilhaçar tudo que Valerie sabia sobre si mesma, por fazê-la se sentir envergonhada, de certo modo. Naquele momento, ela sabia o quanto essa revelação impactaria tudo.

Valerie fechou os olhos ao perceber. "Quem poderia me amar, sabendo isso a meu respeito?"

Freddy tocou seu rosto. "Eu."

Lágrimas escorreram pelo nariz dela, e ela abriu os olhos para olhar para ele, sacudindo a cabeça. "Estou dizendo amar de verdade."

Ele sorriu com suavidade. "Sim."

Ela respirou fundo. "Não me provoque, Freddy." Seus olhos estavam cobertos de lágrimas.

"Não estou te provocando."

"Pare", ela disse, passando os dedos sob os olhos. Estava ficando brava. Para ele, aquilo sempre tinha sido uma espécie de jogo, e ela estava cansada disso. "Você sabe como me sinto em relação a você. Acho que sempre soube."

Todos os seus segredos estavam vindo à tona, e, como um trem desgovernado sendo arremessado para fora dos trilhos, não conseguia parar, mesmo que quisesse. Estava sendo completamente autodestrutiva.

"Sempre esperei que, um dia, você pudesse sentir a mesma coisa, mas agora... Como poderia? E ainda me provoca...", ela fungou.

Ele olhou para ela, sem conseguir acreditar. "Você é mesmo tão cega... em relação a tudo?"

Ela olhou fixo para ele, confusa.

Ele riu baixinho. "Você pensou, de verdade, que eu escolheria morar *aqui*, entre todos os lugares, se não te amasse para valer?"

Ela olhou para ele com os olhos marejados. "Você disse que estava preocupado comigo."

Ele riu. "É. Estava. Você é minha melhor amiga."

Ela fechou os olhos de dor. Não parava de acontecer nessa noite. "Entendo."

"Não acho que entenda. O que é meio maluco, porque parece que o mundo todo sabe, menos você."

Então, ele a beijou.

Ela abriu os olhos, em choque, e ele puxou seu cabelo para o lado, depois riu dela, caçoando de maneira delicada. "Às vezes, você consegue ser a maior idiota, sabia? Nunca existiu ninguém mais, sua pateta. Se eu não estivesse apaixonado por você desde que tinha uns 9 anos, acha que teria vindo atrás de você aqui? E pouco me importa o que você diga, você continua sendo você, com pai nazista ou não. Nunca fará diferença em como me sinto em relação a você, porque aquilo era ele, não você."

Ela pensou nas outras namoradas dele, em como ele sempre parecia ter uma mulher no cenário. "Mas Freddy, sempre tinha alguém, alguma menina bonita. Como é que você pode ter me amado desde sempre?"

Ele voltou a rir e passou os dedos pelo cabelo, como se estivesse um pouco constrangido. "Pode dizer que sou antiquado, mas você era um pouco jovem. Tenho quase certeza de que Amélie teria mandado me prender se soubesse o que eu sentia por você. Então, há, tive que olhar para o outro lado até você ter idade o bastante." Ele limpou a garganta. "Não deixo de ser um cara, o que posso dizer?"

Ela sorriu. Não deveria ser engraçado nem curiosamente meigo, mas, por algum motivo, era, e logo a risada deles se transformou em algo mais, quando começaram a se beijar. O desejo dela expandiu-se em seu peito, puro e ávido, ao se entregar a ele, suas mãos bruscas em seu cabelo, puxando-a para junto dele, ao sentá-la em seu colo. Freddy jamais fora um príncipe encantado, mas nunca tivera essa pretensão; era real, bondoso e, finalmente, dela.

✦ CAPÍTULO DEZENOVE ✦

O GATO DA LIVRARIA ESTAVA À VONTADE na cama de Valerie, descendo todas as manhãs com ela até a loja, onde ela punha leite e comida para ele. Ela percebia que Dupont escondia seu ciúme, mas o gato era leal ao homem e, durante o dia, só dormia em sua velha poltrona estofada, apesar da fumaça e da bagunça.

Desde a descoberta de que seu pai era um nazista, Valerie tinha ficado quieta, menos disposta a discussões, menos disposta a muitas coisas, verdade seja dita. Sua única fonte de alegria e consolo era Freddy, apesar de ele, agora, também ter ido embora, ao menos temporariamente, encarregado de cobrir o novo acréscimo ao Muro de Berlim. Desde que o muro que dividia a parte leste da oeste tinha sido erguido da noite para o dia, em agosto do ano anterior, para impedir a fuga de refugiados, o fato tinha resultado em manchetes sobre crianças, homens e mulheres sendo baleados por tentar deixar seu próprio país. No começo de junho, a segunda cerca tinha sido construída mais adentro do território leste alemão, dificultando ainda mais a saída de seus cidadãos. Já era chamada de Corredor da Morte.

Ela sempre soube que amar um jornalista político não seria fácil, mas aquela era a primeira vez em que realmente se preocupava com a segurança dele. Dizer a si mesma que seria só por algumas semanas não ajudou. Não havia argumento quando você entrava na zona tenebrosa, como dizia Freddy.

"A boa notícia", ele disse, enquanto estavam deitados em sua pequena cama afundada, dividindo um cigarro que, segundo ele, deixava-os, de fato, bem franceses, "é que depois de mais alguns trabalhos como este, provavelmente estarei apto a conseguir um apartamento melhor, um salário melhor".

"Dinheiro arriscado", ela disse, aninhando-se em seus braços. Seus olhos verdes pareciam preocupados.

Ele deu de ombros e concordou: "Dinheiro arriscado". Ninguém se aproximaria demais daquele muro, se pudesse evitar.

Desde que ambos haviam revelado seus sentimentos, passavam muito tempo juntos na cama de Freddy, fazendo amor e se escondendo, criando uma fortaleza contra o mundo.

Logo depois de começarem a namorar oficialmente, Freddy foi conhecer Dupont. Os dois pareciam gostar de irritar um ao outro. Freddy fez questão de dizer-lhe o quanto amava James Bond, o que levou o velho a ficar acalorado, ameaçando expulsá-lo da loja, especialmente quando insistiu que todos fossem assistir a seu último filme. Em vez disso, acabaram tomando uma cerveja, e Freddy ficou para jantar. Depois que ele saiu, Valerie perguntou a Dupont o que achara do rapaz, e sua resposta foi: "Ele precisa cortar o cabelo, mas você poderia ter escolhido pior", o que era o mais próximo de uma aprovação que ela podia sonhar.

Mas agora Freddy tinha ido embora, e só lhe restavam suas preocupações e o gato. Decidiu que de cavalo dado não se olham os dentes, mesmo o gato fedendo a sardinhas.

Madame Joubert foi no dia seguinte ver como ela estava e as duas conversaram, embora de uma maneira mais tensa do que antes. Por enquanto, a conversa entre elas havia perdido a descontração, a risada, e a solidariedade por terem que lidar com o ranzinza Dupont.

Fazia pouco sentido para Valerie ficar brava com Madame Joubert. Não fora ideia dela manter aquele segredo, nem revelá-lo, mas, em parte, Valerie estava zangada mesmo assim. Ela tinha sido a melhor amiga da mãe, com certeza poderia ter dito ou feito alguma coisa para impedir que Dupont a entregasse, mesmo que ele pensasse que estaria poupando-a de um grande sofrimento.

"Venha esta noite, *chérie*", disse Madame Joubert. "Vamos conversar, está bem?"

Valerie concordou.

"Você está indisposta?", perguntou Dupont ao final da tarde.

Valerie sacudiu a cabeça. "Não, estou bem."

Ele atirou um exemplar de *Gigi*, de Colette, em sua mesa bagunçada, murmurando: "Lixo sentimental".

Valerie não respondeu. Apenas suspirou, olhando pela janela o dia frio do final de novembro, mas sem realmente enxergar o que olhava: pessoas passando, a respiração delas saindo em fumaça, seus corpos bem envolvidos em cachecóis e casacos grossos de lã. Só conseguia pensar em Freddy, em Berlim. E em seu pai, um nazista.

"Você não escutou o que eu disse?"

Valerie soltou um suspiro. "Escutei", disse, enquanto o gato, percebendo seu desespero, veio até ela, esfregando-se em sua cadeira de bistrô e depois pulando em seu colo, amassando sua saia de veludo mostarda com suas garras de agulha. "Você disse que era uma bobagem sentimental."

Ele piscou. "Na semana passada você me disse que, se eu não gostava de Colette, precisava mandar examinar minha cabeça e verificar meu sangue francês. Você me fez ler isso", ele disse, olhando desesperado para o livro como se jamais fosse recuperar aquelas poucas horas.

Ela voltou a suspirar. "É."

Ele franziu o cenho. "Você está trabalhando demais?"

Ela levantou os olhos. "Não. Por quê?"

"Só para conferir. É que, ultimamente, você não está no seu normal."

O olhar dela estava fixo. Dupont tinha notado sua estranheza, e, de fato, se preocupava.

Ele se levantou e ela o ouviu mexendo em alguma coisa na pequena cozinha do andar de baixo, onde eles guardavam canecas e uma chaleira.

Depois de algum tempo, ele voltou com duas canecas e um prato cheio de biscoitos de aparência nada apetitosa. Não faziam seu estilo, que geralmente envolvia grandes cookies com pedacinhos de chocolate.

Ele pousou as canecas na mesa de bistrô e limpou a garganta.

"O que é isso?", ela perguntou, olhando o líquido marrom leitoso.

Ele deu um longo suspiro. "É aquela lavagem... você sabe, aquela sujeira horrorosa de que você gosta."

Ela ficou confusa, depois caiu em si, levantando a caneca e cheirando seu conteúdo. "Monsieur Dupont!", exclamou. "Isto é *chá*?"

Ele deu de ombros. "*Oui*. Não faça um escândalo."

Ela olhou para o chá, depois para ele, numa profunda confusão.

Dupont tinha *teorias* em relação a chás. Primeiramente, achava-os horrorosos, além de fedorentos, e não mantinha nenhum deles em casa. O único lugar seguro para ela tomar uma xícara era em seu quarto.

Ela olhou para os biscoitos, depois sacudiu a cabeça, espantada. Eram Rich Tea, tão ingleses quanto guarda-chuvas e Marmite, e certamente não eram o tipo de coisa que ele compraria por conta própria algum dia. Devia ter ido a alguma loja especial comprar aquelas coisas para ela, embora ela não conseguisse imaginar onde. Tinha feito aquilo por ela, por ter reparado que ela parecia triste, perdida.

Dupont.

Seus olhos encheram-se de lágrimas. Ficou mais sensibilizada do que poderia dizer. Mas sabia que ele gostaria de uma demonstração, então disse: "Muito obrigada". Depois, deu uma mordida no biscoito, reanimou-se e respirou fundo. "Monsieur", disse, quando ele se virou com um resmungo para voltar à sua escrivaninha, "note que até o gato desistiu do senhor por causa do seu gosto terrível em literatura... Sinceramente, chamar Colette de bobagem... Afinal de contas, ele é um gato francês".

Dupont soltou um pequeno bufo de divertimento antes de começar a resmungar, dizendo que quanto mais perto chegavam do Natal, mais as pessoas começavam a perder a cabeça, até os gatos sarnentos de rua.

***

"Ele foi até Madame Harvey para comprar aquele chá, sabia? Aquela inglesa que tem uma loja de chás na Rue des Arbres", disse, algum tempo depois, um menininho com rosto de elfo, cabelo loiro sujo e cílios espessos. "Eu o segui."

Era Henri, um garoto com cerca de 11, 12 anos, que ganhava alguns francos de Dupont fazendo bicos na vizinhança. Seus pais viviam momentos difíceis, e tanto Dupont quanto Madame Joubert sempre arrumavam serviço para ele, principalmente para garantir que houvesse alguma comida em sua barriga. Era boa gente, sempre pronto a ajudar, e Valerie percebera que ele se interessava por leitura, então, todas as semanas, separava alguns livros que achava que ele pudesse gostar, sobretudo histórias de aventuras.

"É mesmo?"

"*Oui*", ele respondeu, seu rosto abrindo-se num sorriso divertido. Seus olhos estavam cheios de significado. "Foi lá também que ele comprou os biscoitos. Acho que ela pegou para ele em sua própria despensa."

Valerie ficou sensibilizada. Enquanto via Henri pondo-se a trabalhar limpando o vidro da porta de entrada, suas mãos torcendo um trapo cheio de água e sabão, pegou o chá feito pelo avô e, embora fosse absolutamente terrível, fraco e sem açúcar, desfrutou até a última gota.

Conforme a tarde foi avançando, percebeu que não estava pronta para descobrir como tinha sido concebida ou quem era seu pai. Sabia que deveria simplesmente acabar com aquilo, procurar Madame Joubert e acertar as coisas entre elas, mas não conseguiu. Mandou Henri levar um recado dizendo que precisaria reagendar.

Ficou surpresa ao ouvir o telefone tocar. Era Freddy. A ligação estava ruim, metálica.

"Não faz muito tempo, amor, mas só queria ouvir sua voz."

Ela sorriu. "Obrigada. Como vão as coisas por aí?"

"Sinceramente?"

"É."

"Uma total desgraça. Não posso contar muito, as paredes têm ouvidos e tudo mais... mas é soturno aqui. Falei com algumas das pessoas que passaram pelo muro, e a vida delas..." Houve uma pausa e ela pôde visualizá-lo tragando um cigarro, esfregando os olhos. Ele sempre fazia isso quando estava com alguma matéria; era obsessivo. "Às vezes, é como se o mundo tivesse enlouquecido."

Tinha razão. As últimas notícias sobre a crise do míssil cubano eram bem chocantes. As pessoas entravam na loja com todo tipo de medo, algumas se preparando para o fim do mundo, querendo manuais sobre "viver fora do sistema" e "sobreviver ao apocalipse".

Eles até tinham uma seção para pessoas que estavam construindo abrigos antibombas em suas casas.

Em certos dias era divertido, mas na verdade não era, não quando se parava para pensar a respeito. E se, de fato, houvesse uma guerra nuclear?

"Só tome cuidado, Freddy."

"Sempre", ele disse, e deu outra tragada no cigarro. "A gente se fala depois, amor, um dos sujeitos chegou agora para uma entrevista. Tenho que correr."

E desligou.

Ela suspirou, colocou o fone de volta no gancho e pegou o gato da livraria, abraçando-o.

"Aquele seu rapaz está bem?", perguntou Dupont. Estava entrando na loja com um filé de peixe. Era sexta-feira, e com crise de míssil cubano ou não, o homem prepararia seu peixe.

Ela concordou com a cabeça, seu rosto retomando os traços melancólicos.

Ele a encarou por algum tempo, parecendo decidir-se sobre algo. Por fim, disse: "Você gostaria de assistir a um filme?".

Ela levantou os olhos. "Um filme?"

"Tem um cinema antigo virando a esquina. Estão reprisando *E o vento levou*, e pensei que se você quisesse... a gente poderia ir."

Ele queria ir assistir a um filme com ela?

Ela sorriu. "Parece ótimo."

Ele assentiu. "*Bon*", dando-lhe um raro sorriso.

Mais tarde, naquela noite, eles se sentaram em cadeiras antigas de veludo, comendo pipoca e bebendo vinho em copos, assistindo Scarlet se apaixonar por Rhett. Ela riu mais das risadas exageradas de Dupont do que da história, e foi a primeira vez em séculos que sentiu que, talvez, as coisas pudessem ficar bem.

Depois de pronta para ir para a cama, escutando os sons noturnos de Dupont – os estalos do seu tornozelo ao subir a escada, colocando o gato para fora –, entrou debaixo dos lençóis e encostou a cabeça no papel de parede descascado. Tinha que contar a ele quem ela era de fato. Sabia disso. Mas depois relembrou o dia, um dia que tinha começado tão mal, com uma sensação de desânimo e preocupação em relação a Freddy, a ameaça de guerra, o passado, e pensou em como, a cada vez que se afundava nesses humores sombrios, Dupont estivera ali, animando-a. Sentiu as lágrimas arderem nos olhos ao perceber o quanto passara a se importar com ele e como seria difícil se ele a mandasse embora agora. "Ah, Amélie", ela cochichou, "vai ver você estava certa. Vai ver que, com isso, eu só estava procurando confusão".

***

Pela manhã, Madame Joubert apareceu trazendo *croissants* fresquinhos da padaria e um buquê de íris docemente perfumadas.

Enquanto Dupont se entretinha fazendo café, ela se virou para Valerie, que abaixou os olhos. "Sei o que você vai dizer."

"Não, não sabe. Você sabe o que pensa que eu vou dizer; é diferente. Venha esta noite. A gente pode sair para jantar."

Valerie concordou. Dessa vez, sabia que não havia como escapar.

Encontrou Madame Joubert no Les Deux Magots, o famoso café que já tinha sido reduto de Hemingway e Fitzgerald, além de outros escritores e artistas famosos. Ela podia visualizá-los sentados ali, discutindo e rindo à luz rósea do sol, escrevendo suas obras-primas e se apaixonando pela cidade.

Mas, com a mesma facilidade com a qual imaginara aquela cena, ao ver Madame Joubert com seu rosto sincero e triste, os cachos parecendo estranhamente lisos, bebericando um vinho do Porto e esperando-a nos fundos, conseguiu visualizar o café vinte anos antes, sob o manto da Ocupação, e ver como os franceses haviam se transformado em espectadores em suas próprias cidades, assistindo aos alemães nutrirem-se com seu vinho, sua comida e seu modo de vida.

Valerie sentou-se ao lado de Madame Joubert, que sorriu para ela. "Estou feliz que tenha vindo, *chérie*. Achei que aqui seria um lugar gostoso para visitar. Turístico, mas não devemos esquecer o que faz de Paris, Paris, *non*? Afinal, foi por isso que lutamos."

Valerie concordou. Quando o garçom passou, um rapaz de sorriso tímido, cabelo penteado para trás e olhos escuros, pediu um uísque, decidindo que precisaria de algo forte para escutar o que Madame Joubert estava prestes a contar.

***

Primeiro, conversaram sobre a livraria e sobre Freddy. Madame Joubert ficou contente por as coisas terem dado certo para eles, embora entristecida ao ouvir que ele estava em Berlim Ocidental. "Isso parece perigoso", disse. Valerie confirmou com a cabeça. Mas não era mais perigoso do que aquilo que ela e Monsieur Dupont tinham passado, ainda que eles não estivessem mais em guerra.

Valerie deu um gole no uísque e as duas esgotaram os tópicos casuais que preenchiam o silêncio para adiar o que ela tinha ido escutar. Respirou fundo, o peito subindo e descendo, e soltou: "Ela foi estuprada, não foi? A minha mãe?".

Madame Joubert engasgou com o Porto e começou a tossir. Levantou um guardanapo xadrez azul e branco para enxugar o líquido vermelho que escorria pelo queixo, os olhos marejados.

Valerie a fitou por algum tempo antes de se lembrar de ser educada. "Qu-quer que eu pegue um pouco de água?"

Madame Joubert sacudiu a cabeça. "Entrou pelo caminho errado." Sua voz estava rouca e ela respirou fundo, olhando para

Valerie por um longo tempo antes de finalmente dizer: "Sua mãe não foi estuprada".

"Não?"

Madame Joubert sacudiu a cabeça.

Valerie suspirou de alívio; era um dos seus medos. Não tinha percebido o quanto isso a estava consumindo. Mas, sentada no café lotado, percebendo que a alternativa significava que sua mãe tinha *escolhido* dormir com um nazista, não soube dizer se no fim isso era melhor ou pior.

➤ CAPÍTULO VINTE ➤

1940

Mattaus Fredericks chegou em casa e a encontrou às escuras. O apartamento não tinha uma única luz acesa, apesar de ser começo da noite.

"Mademoiselle", chamou. Por um longo tempo, não se ouviu nada, nem um som para agitar a noite escura de inverno, apenas o vento que chacoalhava as janelas e se esgueirava pelas frestas das portas. Sentiu um desconforto momentâneo. Teria Kroeling voltado para terminar o que começara? O pior passou pela sua cabeça, e ele começou a se imaginar descobrindo o corpo de Mireille, alquebrado e abusado. Então, ouviu-se o leve som dos seus pés se arrastando e ela surgiu à porta da cozinha, como um camundongo.

Ele soltou um suspiro de alívio.

"Você está bem? Está tudo escuro."

"Estou bem, obrigada. Deixei um jantar para você."

Ele percebeu que ela estava longe de estar bem. Parecia apavorada. Isso fez Mattaus travar o maxilar. Quando foi que aquilo tinha acontecido? Seu único desejo sempre foi ajudar pessoas, ser médico, não o tipo de homem de quem as moças têm medo. Não que ele pudesse culpá-la, depois de tudo que tinha passado nas últimas 48 horas. Dava para ver os vergões que Valter Kroeling deixara atrás do seu pescoço e ao longo dos braços, manchas roxas e doloridas, sem dúvida.

Desviou o olhar. "Não espero que divida sua comida comigo."

Mireille assentiu. "Tudo bem. Estou acostumada a cozinhar para dois. Não é grande coisa, só uma batata assada e feijões. Está na mesa."

Quando ela se virou para sair, ele a interrompeu, tocando de leve em seu ombro, e ela arfou de medo. Seus olhos azuis estavam como os de um coelho assustado.

Ele ergueu as mãos, o olhar, receoso. "Me desculpe. Eu queria saber por que tudo estava no escuro. Também soube que você não abriu a loja hoje. Por que não?"

Ela hesitou, decidindo se deveria ou não contar a ele sobre o francês que tinha ficado à espreita em frente à loja o dia todo, que a olhava com maldade nos olhos e cuspiu a seus pés.

"Como soube que não abri a loja?"

Ele mordeu o lábio inferior por um momento, depois desviou o olhar. "Mandei alguém vigiar você, ficar de guarda, para o caso de Kroeling voltar. O homem vai garantir que eu chegue aqui a tempo."

"O-obrigada."

Era a segunda vez, num curto período de tempo, que ela se via surpresa com a delicadeza dele.

Quando ele acendeu a luz da cozinha e perguntou se ela lhe faria companhia, sentiu que, no mínimo, lhe devia isso.

Sentou-se de frente para ele, que serviu uma taça de vinho para cada um e, depois, olhou para o rosto dela por mais tempo do que ela gostaria. "Tenho uma pomada que você pode pôr nisso", disse, apontando um pequeno machucado que ela tinha sobre o olho, onde Kroeling havia batido.

Ela balançou a cabeça e o observou comer. Depois de um tempo seu coração começou a bater mais devagar, e pela primeira vez depois do ataque de Kroeling, sentiu-se quase calma. Havia algo nos sons rotineiros de talheres num prato que, por um momento, fazia a vida parecer normal.

Bebericou o vinho e pensou em como as coisas tinham chegado àquele ponto.

***

Acontece que o homem que Mattaus Fredericks tinha contratado para ficar de olho nela, para o caso de Kroeling voltar, era o francês de cabelo oleoso que cuspira a seus pés. Ela supôs que o homem tivesse saído barato, e supôs, também, que era por isso que ele a tinha xingado daquele jeito. Obter favores dos alemães, particularmente sendo mulher, não era visto com bons olhos, sobretudo pelos mais atingidos, como os pobres e os velhos. Mireille não gastaria saliva tentando explicar que não era por escolha; sabia que alguém como ele nunca entenderia. Era o tipo de homem que talvez acreditasse que o jeito como você se veste, ou o quanto é bonita, significa que, de algum modo, "está pedindo por isso". A verdade é que não era da conta dele. Ela sabia que não era uma traidora, o que deveria bastar para quem quer que fosse.

O problema é que ele não foi o único que começou a cochichar sobre ela. Os vizinhos não receberam bem a notícia de que um oficial nazista estivesse vivendo sozinho com uma moça solteira enquanto o pai estava na prisão.

Houve os que começaram a xingá-la na rua. "*Putain*, piranha", disse uma velha entre dentes, após entrar na livraria especialmente para isso numa manhã daquela semana. "Puta imunda", disse uma moça que costumava ir para a escola com ela. Mireille desmoronou em sua cadeira, tremendo, depois disso. Mesmo quando tentou explicar, a amiga não quis ouvir. Mas, para ela, era diferente: tinha três irmãs e uma mãe, ao contrário de Mireille, que estava completamente só.

No entanto, o pior daquela semana ainda estava por vir, sob a forma do próprio Valter Kroeling. Mireille espanava as prateleiras – muitas delas mais vazias do que nunca, o estoque velho, já que poucas pessoas estavam comprando livros, a não ser os nazistas – quando levantou os olhos e seu coração começou a bater forte num medo súbito. Ele caminhava em sua direção, seus olhos azuis claros reluzindo algo como raiva e triunfo.

Os joelhos de Mireille viraram gelatina, e se ela não estivesse se segurando na prateleira, provavelmente despencaria no chão. Lutou para conseguir pôr ar em seus pulmões. A noite em que ele a tinha atacado estava viva em sua mente, a dor, o pavor, e ela teve certeza de que, se não houvesse mais ninguém na loja, teria começado a gritar. Olhou para o outro lado e tentou respirar com mais calma, extremamente grata por não estar só, dessa vez.

Kroeling entrou na loja com uma expressão de desdém ao ver as mudanças que ela havia feito nos últimos dias. Para desviar a mente dos seus problemas e medos, ela havia tentado devolver a livraria à sua configuração original, salvo por uma pequena área, profundamente odiada, onde ainda havia uma mesa cheia dos insultuosos panfletos distribuídos pelos nazistas, informando as novas regras aos franceses, as novas séries de indignidades sob as quais eles eram forçados a viver.

Quando ele chegou mais perto, ela recobrou sua coragem e endireitou os ombros, travando o maxilar. Se desta vez ele a atacasse em frente aos clientes, ela lutaria, mesmo que um dos dois acabasse morto.

Mas ele parou a apenas alguns centímetros do seu rosto. Suas mãos pendiam dos lados, os olhos brilhavam de desprezo. "Vejo que o seu médico agora se mudou para cá. Então é isso, não é? Você estava se mantendo firme para um capitão?" Ele deu uma risada falsa e Mireille se sentiu enjoada. Ela pôde ver, do lado da cabeça dele, as marcas onde seu pai o atacara com a cadeira. Desejou que ainda doesse.

Ela deu um sorriso de desprezo. "É isso aí."

Ele soltou um pequeno som, a língua no meio dos dentes, como um silvo. Então, deu de ombros, fingindo um clima de indiferença. "Mas ele não tem nada de especial. É só um simples médico, não é uma patente autêntica. Não tem uma verdadeira autoridade, apesar do modo como se comporta." Ele se adiantou e riu, bem junto ao rosto dela. "Você deveria ter dito que estava louca por alguém com mais poder. Logo vou ser promovido, se isso te interessa." Fez uma expressão maliciosa enquanto seus olhos percorriam o corpo dela.

"Não me interessa, posso te garantir. Caia fora. Você não tem mais nada a fazer aqui", ela disse entredentes.

Eles estavam atraindo um grupo de espectadores, e Valter Kroeling parecia gostar disso. "O quê?", ele perguntou, enquanto algumas senhoras se afastavam de uma pequena seção de literatura popular com desconto.

Então, voltou a se virar para Mireille e riu na cara dela. "Agora eu entendo, você não gosta de ser chamada de puta. Gosta de ser cortejada primeiro, não é", disse com os olhos faiscando, lambendo os dentes finos e afiados. "Eu devo primeiro comprar um livro, como Herr *Doktor*, e depois você me dá acesso às suas calcinhas? É este o preço?"

Ela desviou o olhar. "Você é nojento."

Ele aproximou o rosto do dela. "Não, *você* é que é. Pensei que pelo menos fosse pura, uma francesinha orgulhosa tolerando esses desagradáveis alemães", ele bufou, "mas você é exatamente como todas essas outras putas francesas, abrindo as pernas para o candidato mais graduado". Em seguida, ele se virou e caminhou para fora da loja, dizendo por sobre o ombro: "E é melhor colocar mais panfletos. Volto amanhã para checar. Esse é o único motivo de ainda deixarmos você manter esta loja".

De algum modo, ela conseguiu se impedir de atirar alguma coisa na parte de trás da cabeça dele.

Mais tarde naquela noite, exausta por não conseguir dormir, virando de um lado para o outro, preocupada com a ameaça de Kroeling, Mireille escutou um barulho vindo dos fundos do apartamento, próximo à escada. Parecia um som de raspagem.

Desceu a escada correndo, encostando o ouvido na porta e franzindo o cenho ao escutar o que parecia um soluço abafado.

O médico ainda não tinha chegado, mas às vezes ele vinha tarde do hospital.

Ela se sentia mais segura quando ele estava lá. Por precaução, mantinha todas as portas trancadas. Suas mãos tremiam. E se fosse Valter Kroeling novamente? E se ele derrubasse a porta? Passava da meia-noite. Ela duvidava que o homem que Mattaus Fredericks pagara para tomar conta dela continuasse por lá àquela hora, não quando poderia gastar o dinheiro em bebidas.

Então, escutou uma voz fraquinha chamando do outro lado da porta. "Mireille."

"Clotilde?", cochichou.

Houve um leve "sou eu" do outro lado, e Mireille lutou para abrir a porta, seu coração quase na boca. Andava preocupada com Clotilde, que não via fazia dias, e sentiu-se aliviada que ela finalmente estivesse em casa agora; mas ficou sem fôlego ao ver a amiga encostada na parede em frente, as roupas rasgadas e sujas, sangue seco em seu cabelo e por todo rosto.

Mireille a arrastou para dentro. "Você está ferida? O que aconteceu? Ah, Clotilde."

Clotilde olhou para ela com seus olhos escuros e profundos. "Eu escapei."

"O que quer dizer?" O coração de Mireille começou a disparar; será que ninguém que ela amava estava seguro?

"Fui seguida. Devia ter te escutado. É verdade, desde que aquele nazista, Valter Kroeling, ficou obcecado por você, estamos sendo vigiados. Um dos homens dele me pegou no parque passando informação sobre o movimento dos militares, seus cronogramas. Havia um plano de ataque."

Os joelhos de Mireille ficaram bambos. O quanto sua amiga estaria envolvida?

"Ele tentou me pegar, mas lutei contra ele. Você sabe qual é a punição", ela disse, sua voz falhando.

Mireille fechou os olhos. Era morte por pelotão de fuzilamento.

Clotilde começou a tremer e soluçar.

"Ah, minha querida", disse Mireille, puxando a amiga para um abraço e levando-a até uma cadeira. A primeira coisa que precisava fazer era verificar o estrago. Depois, elas poderiam decidir que medida tomar. Se houvesse algum lugar onde pudesse esconder Clotilde, talvez... Pegou um pano limpo no armário, juntamente com um pouco de iodo. Torceu o pano sob a torneira e cuidou dos ferimentos da amiga, levantando-se, depois, para buscar o uísque do pai e servir um copo grande para cada uma.

"Soube do seu pai, que ele foi preso. É verdade?", perguntou Clotilde. Seus grandes olhos estavam cheios de compaixão.

Enquanto bebiam, Mireille contou o que tinha acontecido, a que ponto as coisas tinham desandado com Valter Kroeling e como seu pai estava, agora, na prisão.

Clotilde fechou os olhos. "Eu tinha que estar aqui!"

"Não teria feito diferença."

"Pode ser." Clotilde apertou a cabeça. Depois de um momento, levantou-se. "Tenho que ir. Aquele homem sabe o meu nome. É só uma questão de tempo até ele vir aqui, e soube que eles agem rapidamente contra resistentes que fazem o que eu fiz, bater naquele militar... Só precisava ver você, mesmo que fosse apenas para me despedir." Sua voz falhou.

Mireille se levantou, também rápida. "Não, não vá! Para onde você vai, Clotilde? Vamos conversar sobre isso. Tem que haver algum lugar onde eu possa te esconder. Se você fugir, eles te acham. Você é tudo que me resta! Não posso deixar que nada te aconteça."

Uma voz atrás delas fez as duas darem um pulo. "Ela pode ficar aqui, por enquanto."

Mireille virou-se lentamente, pálida, e viu Mattaus ao pé da escada que dava para a livraria. Há quanto tempo ele estaria ali, parado?

Ele entrou na sala e foi direto até Clotilde, que se encolheu, olhando dele para Mireille, apavorada. Mireille não sabia como começar a explicar.

"Achei... que era melhor dormir lá embaixo, no depósito", ele disse, explicando-se.

Ele estava ali o tempo todo? Ela ficou intrigada.

"Parece que está doendo", falou Mattaus, olhando para Clotilde. "Me dá licença?" Ele se aproximou para dar uma olhada no rosto dela. Clotilde pulou ao seu toque.

"Ele... ele é médico", disse Mireille, tentando, sem sucesso, desacelerar seu coração. Clotilde parecia estar prestes a sair em disparada, e recuou quando Mattaus passou os dedos pelo seu crânio, examinando a carne.

"Não está quebrado, só machucado, eu acho. Mas você vai precisar de pontos acima desse olho. Eu faço isso. Tenho alguma coisa para dor na minha maleta, lá embaixo... Espere um pouco."

Quando ele saiu, Clotilde olhou para Mireille e disse, baixinho e rápido: "O que ele está fazendo aqui? Devo sair correndo? Dá para confiar nele?".

Mireille contou o combinado à amiga o mais breve possível.

"Ele está aqui porque seu pai pediu para ele tomar conta de você? Dupont?"

Mireille confirmou. "Sim."

Clotilde sacudiu a cabeça. "E, em vez de invadir seu apartamento, seu espaço, ele está dormindo no depósito?"

"É o que parece, sim."

Depois de um segundo, Clotilde voltou a sacudir a cabeça. "Eu não sabia que havia alguns como ele."

Mireille concordou. Ela também não sabia. Mesmo assim...

"Não sei se a gente pode *confiar* nele, Clotilde, por mais que ele pareça simpático."

Houve um barulho atrás delas, e Mattaus voltou para a sala. Se ele ouviu o que Mireille disse, seu rosto não demonstrou. Ela fechou os olhos, a face ruborizada.

Ele não disse nada enquanto abria a maleta e preparava os pontos. Olhou para a garrafa aberta de uísque e fez sinal para Mireille servir outra dose. "Acho que vai ajudar mais do que isto", disse, tirando um pequeno frasco de analgésico.

Ao terminar, pareceu que andara se preparando para algo, porque respirou fundo e disse a Mireille. "Você pode, sabe?"

"O que?", ela perguntou.

Ele voltou a guardar os materiais em sua grande maleta de couro e a fechou com um estalido abafado. "Confiar em mim. Não vou te trair. Nenhuma de vocês."

Elas piscaram. O coração de Mireille tornou a disparar.

"Mas preciso dizer uma coisa", ele começou, virando-se para Clotilde. "Estão falando sobre reunir pessoas como você, com a sua convicção. Por enquanto está descartado, mas não tenho certeza por quanto tempo. Acho que isso vai acontecer logo. Se puder dar o fora da cidade, seria prudente, e se eu puder te ajudar a fazer isso, eu vou ajudar."

***

"Por quê?", perguntou Mireille mais tarde, depois de ajudar a amiga a se deitar e descer para descobrir que o tempo todo ele estivera dormindo no pequeno depósito, em um velho sofá pequeno demais para ele, coberto de pelos de gato.

"Achei que ficaria mais à vontade se eu não estivesse no apartamento. Percebi que não estava dormindo."

Ela franziu o cenho e sacudiu a cabeça. "Obrigada, mas não, não quis dizer que... Mas tudo bem, você é bem-vindo para dormir lá em cima. Aqui não pode ser confortável, e, afinal de contas, é você que está me ajudando. O mínimo que deveria ter em troca do combinado é uma boa noite de sono."

"Estou bem, juro. Sou médico; estou acostumado a dormir quando e onde posso."

Ela concordou com a cabeça, mordeu o lábio e perguntou mais uma vez: "O que eu queria saber é por que deveríamos confiar em você, por que arriscaria tudo isso por nós?".

Ele abaixou os olhos. "Não é óbvio?"

"Para mim, não."

Ele sorriu pela primeira vez e ela percebeu como ele era realmente lindo; como, sob circunstâncias normais, ela teria gostado de olhar para um rosto como o dele, com seu cabelo loiro escuro cortado à escovinha, maçãs do rosto definidas, pele bronzeada e olhos verdes radiantes.

"Bom, deveria ser. Fiz aquela estupidez contra a qual me preveniram. Caí pelo inimigo."

Ela deu um passo para trás, o coração aos pulos.

"Mireille", ele disse. Era a primeira vez que não a chamava de *mademoiselle*. "Não espero nada de você, nem que você sinta a mesma coisa. Tem a ver comigo, ou com o homem que eu costumava ser antes que meu país enlouquecesse – o mundo, na verdade –, e quando estou com você, acho que talvez eu possa voltar a ser aquele homem, um dia..."

Ela se sentou na beirada do sofá. "Que homem era esse?", perguntou, baixinho.

"Só um médico, e talvez, um dia, um marido, um pai."

"Não um soldado? Um *nazista*?" Por mais que tentasse, não conseguiu evitar o veneno que veio com essa última palavra.

Ele sacudiu a cabeça, seus olhos escurecendo. "Não, nunca fez parte do plano. Fui convocado. Reconheço que, por um tempo, acreditei mesmo em algumas das coisas que os seguidores de Hitler diziam."

Quando Mireille franziu mais a testa, ele procurou explicar: "A Alemanha era um lugar difícil na minha infância. Éramos pobres, sofríamos uma grande depressão. Tudo que o país produzia era para pagar reparações por uma guerra que não começamos. As pessoas morriam de fome e sofriam, e então *ele* apareceu, e por um tempo as coisas melhoraram. Até piorarem muito, até tudo deixar de fazer sentido. E de repente os meus amigos, pessoas com as quais eu antes discutia sobre política, religião e a situação do nosso país, tornaram-se fanáticos, desprovidos de bom-senso. Sofreram lavagem cerebral, e se você se manifestasse contra, era prisão ou execução. Eu nunca quis *isso*, acredite em mim".

Ele parecia tão triste e perdido que Mireille sentiu que poderia realmente ver o homem por detrás do uniforme. Tinha ficado muito apavorada de tê-lo ali. Esperava que a qualquer momento ele se transformasse no monstro que ela tinha certeza que espreitava por detrás daquela máscara agradável. Franziu as sobrancelhas e, com os dedos trêmulos, tocou em seu ombro. Nunca tinha se proposto a tocá-lo, e embora fosse um pequeno gesto, aquilo mudaria tudo.

Ele apertou a mão dela, e ela deixou que sua mão ficasse na dele. Pela primeira vez em meses, não quis estar em nenhum outro lugar senão onde estava, sentada bem ao lado dele, com ele olhando-a daquela maneira, e tendo, só por um instante, a sensação de que, talvez, o mundo pudesse voltar a fazer sentido um dia.

⤙ CAPÍTULO VINTE E UM ⤚

LEVOU UMA SEMANA, com Clotilde escondida no apartamento, para Mattaus conseguir o documento de identidade falso para que ela deixasse o país.

Vários militares já tinham ido checar se ela havia voltado para o apartamento. Por sorte, Mattaus estava disponível todas as vezes para responder a suas perguntas e mostrar-lhes o local, provando que ela não estava. É claro que não lhes mostrava tudo. Como o sótão, onde realmente a haviam escondido. Houve um momento em que um dos homens olhou para o teto, como que pensando a respeito, mas quando viu Mattaus olhando para ele com a sobrancelha levantada, acenou com a cabeça e foi embora. Todos soltaram um suspiro de alívio depois disso.

"Estes papéis ajudarão você a partir, via Espanha. Um homem te ajudará a cruzar a fronteira."

Uma noite antes, tingiram o cabelo de Clotilde de loiro. Ela partiria com o médico, usando um dos vestidos de Mireille. O fato de caber nele, apesar da diferença de altura das duas, mostrava o quanto estava magra. Mireille ficou de coração partido ao ver a amiga tão encolhida.

Mattaus e Clotilde repassaram o plano mais uma vez enquanto Mireille via a amiga fazer a mala, as lágrimas escorrendo pelo rosto. Quando a veria novamente?

"Você vai dar um jeito de me avisar que está a salvo?", perguntou pela terceira vez naquela manhã, e Clotilde confirmou, apertando-a junto ao peito.

"Prometo que sim." Então, ficou pensativa e disse: "Acho que ele pode ser um dos bons".

Mireille concordou com a cabeça, depois deu um último abraço quando Mattaus disse para ela se apressar; o carro esperava lá fora.

Quando Clotilde estava na escada, Mattaus virou-se para Mireille: "Vou com ela até Lyon e volto mais tarde, hoje à noite, do hospital. Vai levar algum tempo até recebermos a notícia de que ela atravessou a fronteira; você precisa ser forte".

Mireille assentiu, e quando ele apertou sua mão, ela apertou a dele em resposta.

A preocupação consumiu os dias de Mireille. Preocupação com o pai e com a amiga. Todos os dias ela era recusada na prisão; ninguém a deixava ver o pai. Mas, depois de um tempo, um dos guardas mais novos ficou com pena dela e lhe deu notícias. O pai estava magro e tinha uma cicatriz no canto do lábio, mas seus olhos estavam vívidos.

"Não precisa vir todos os dias", ele disse. "Nós não estamos maltratando ele."

Ela fez que sim. Havia algo nele que a fez acreditar que estivesse dizendo a verdade.

Mireille tentou achar suficiente que ele não fosse maltratado, mas ainda continuou a visitar, continuou a se preocupar. Temia outras coisas em relação a ele: doença, fome, solidão... E só poderia ajudar a prevenir uma delas.

"Você pode entregar isto para ele?", perguntou ao guarda, passando-lhe um nabo cozido embrulhado em um pano. "Ouvi dizer que não há comida suficiente aqui."

"Não há comida suficiente em lugar nenhum", ele disse. Os dois se encararam por algum tempo e, no fim, ele assentiu com um leve aceno.

"Posso trazer mais para ele?"

O guarda não disse nada por um tempo. Mireille teve medo de ter ido longe demais, pensou que ele jogaria o vegetal em seu rosto, mas ele apenas suspirou e consentiu. Talvez esperasse que em algum lugar, de algum modo, alguém estivesse tratando bem seu próprio pai. "Volte amanhã, à mesma hora."

Só depois de três dias Mireille recebeu a notícia de que Clotilde tinha entrado na Espanha e estava salva. Pela primeira vez em dias, sentiu que podia respirar. Desde a fuga da amiga, andava zonza, mal enxergando o rosto de Mattaus, extraindo apenas o conforto da sua presença contínua e de suas frequentes afirmações de que, àquela altura, nenhuma notícia era uma boa notícia.

Naquela noite, quando Mattaus chegou em casa depois de ela saber da amiga, Mireille jantou com ele, e antes de se levantar para sair da mesa, tocou em seu cabelo e beijou sua testa. Ele estendeu a mão para pegar a dela. Seus olhos verdes estavam intensos, escuros, e ela sentiu um aperto no estômago. Quando ele se levantou para beijá-la, seu coração disparou. Fechou os olhos quando os lábios dos dois se encontraram e se entregou ao beijo.

✦ CAPÍTULO VINTE E DOIS ✦

1941

Era primavera quando seu pai enfim foi solto, voltando para casa fraco e mal nutrido, apesar da comida que ela tinha conseguido infiltrar. Havia dado a maior parte dela para outro prisioneiro, que tinha começado a tossir sangue. Estava ainda mais furioso, resultado do seu tempo na cadeia, e seu ressentimento em relação aos alemães era uma ferida supurada que não sarava.

Apesar de ter pedido a Mattaus que ficasse com sua filha, não gostou nem um pouco disso, e ferveu com uma raiva contida com o fato de o médico não ter se mudado, agora que ele estava de volta. Queria sua casa, sua privacidade, um refúgio longe deles, mas parecia condenado a nunca conseguir.

Mireille cuidou do pai o melhor que pôde, tentando controlar sua raiva e fazê-lo comer, mas seu estômago estava fraco e só conseguia aceitar um pouco após tantos meses sendo mal alimentado.

Ao chegar o verão de 1941, o racionamento tornou-se ainda mais pesado. Os nabos passaram a ser um alimento básico em sua dieta diária, apesar dos pequenos extras que o médico trazia para casa, cada vez mais reduzidos, uma vez que a cidade precisava de mais e as fazendas tinham parado de produzir. Toda comida era necessária para os soldados.

"Agora estou em casa. Por que ele não vai embora?", reclamou Vincent pela terceira vez naquela semana, escutando os movimentos no andar de baixo, quando o médico se preparava para dormir.

"Você sabe o motivo, Papa", Mireille disse. "Enquanto ele estiver aqui, Valter Kroeling não estará."

O pai concordou e acendeu um dos cigarros provenientes do estoque do médico. "Imagino que devamos ser gratos."

"É."

Ele esfregou os olhos. Só se sentiria grato quando aquilo acabasse, quando eles deixassem a cidade e sua casa.

Mireille esperou o pai dormir antes de escapar para o andar de baixo e se esgueirar no depósito, onde Mattaus continuava dormindo. Ele se recusava a invadir ainda mais o apartamento deles. Mireille havia esvaziado o lugar o máximo possível, então pelo menos estava mais confortável.

Mattaus abriu os olhos ao som do ranger da porta, depois, ao ver que era Mireille, sentou-se rapidamente. Vestia apenas uma cueca branca.

Mireille fechou a porta e encostou-se nela. Vestia sua melhor camisola, anterior à guerra. Era a única que tinha, agora.

Ele engoliu com dificuldade, sua respiração tornando-se mais rápida.

"Mireille?"

Ela olhou fixo para ele, para seu corpo. Era um homem grande, alto, torneado e musculoso. A pele em seus braços, no pescoço e no rosto estava bronzeada.

Subitamente, ficou muito nervosa. Tudo isso tinha parecido uma boa ideia até chegar realmente a hora. Não conseguia dormir, e quanto mais Papa reclamava de Mattaus, mais ela percebia como ia ficando brava com o que ele dizia, e como tinha passado a se importar com aquele homem que arriscara tudo por ela, inclusive ajudando sua amiga a escapar do país.

Seus dentes eram perfeitos e brancos. Sentiu o estômago revirar ao ver como era bonito, especialmente quando sorria.

"Oi", ele disse com suavidade. "Andei pensando em coisas."

"Que coisas?", ela perguntou, dando um passo à frente com seus pés descalços. Sentou-se na beirada do velho sofá, consciente do quanto sua camisola era fina, do quanto de si mesma estava exposto. O espaço era muito restrito; em grande parte, tomado por ele. As pernas dele estavam quentes junto às dela.

Ele olhou para ela e sacudiu a cabeça, seus olhos verdes se iluminando com um sorriso, quando ele disse, simplesmente, "Você".

Ela mordeu o lábio. "E no que você pensa quando pensa em mim?"

"Em tudo."

Ele a puxou e a beijou. Logo ela estava sob ele, as mãos e lábios de Mattaus indo por toda parte, percorrendo com beijos seu pescoço, seus ombros, seus seios. Ela precisou morder o lábio para se impedir de gemer em voz alta, até que os lábios dele foram ainda mais longe, abrindo suas coxas. Seu toque provocava arrepios enquanto ele segredava em seu ouvido: "Tem certeza de que quer fazer isso?".

Ela confirmou com a cabeça. Naquele momento, ele era a única coisa em sua vida da qual tinha certeza.

✦ CAPÍTULO VINTE E TRÊS ✦

ELA DESCOBRIU QUE ESTAVA grávida oito semanas depois, quando já não cabia em seus vestidos, apesar de todos na casa estarem sobrevivendo à base de nabos e de ocasional naco de carne.

Mattaus a examinou e, confirmada a suspeita, ela passou o resto do dia aos prantos.

Mulheres como Mireille eram chamadas de traidoras e putas. Eles cuspiam nas que tinham filhos com oficiais alemães, chutavam, beliscavam e prometiam que, quando a guerra finalmente acabasse, seriam as primeiras a morrer.

Não importava que ela tivesse se apaixonado por Mattaus, que ele fosse diferente, que não tivesse sido a favor daquela guerra; ninguém jamais acreditaria nela. Mas o que aconteceria com o bebê? Como ele seria tratado? Como um pária? Educado para se odiar, embora não tivesse feito nada de errado? Ela tinha visto como as mulheres na rua olhavam os bebês de soldados nazistas, como se fossem atirá-los debaixo de um ônibus.

Mattaus a embalou junto ao peito, com sons tranquilizantes. Para ele, essa era a melhor coisa que lhe acontecia desde a primeira vez em que Mireille estivera em sua cama. Ia ser pai e, caso ela deixasse, um marido. Para ela, porém, esse era mais um exemplo de como algo que deveria ser um momento feliz, quase cotidiano, tinha sido contaminado e remodelado graças àquela guerra infernal.

***

Casaram-se em segredo em uma igrejinha, com um padre pago em comida. O religioso não escondeu seu desprezo, mas, para Mattaus e Mireille, sua opinião não interessava. Os dois sabiam o que havia entre eles, mas ela estava apavorada com o momento de contar a seu pai.

Mattaus sugeriu darem a notícia naquela noite, no que ela concordou.

O pai despencou na poltrona quando soube, seu rosto parecendo ter envelhecido em minutos. Pareceu cansado, magro e velho. Justo um dia antes, tinha perdido vários dentes, apodrecidos no tempo em que esteve preso. Mesmo assim, aquela parecia a notícia mais difícil de suportar. Seus olhos revelavam o choque. "Grávida de um nazista!"

Mireille fechou os olhos. "Papa, me desculpe."

Dupont sacudiu a cabeça. "Não, não." Estava zangado, o rosto contraído de dor. Ela nunca o vira tão derrotado, tão alquebrado. Sentiu um nó no estômago. Odiou estar causando aquilo.

Lágrimas escorreram pelo seu rosto. "Eu tentei não me apaixonar por ele", ela disse baixinho.

O pai fechou os olhos. Depois de um tempo, sacudiu a cabeça e disse: "A culpa foi minha. Eu disse para ele ficar. Você foi deixada sozinha com ele. O que mais eu achava que fosse acontecer?".

"Não, Papa, foi uma boa decisão, ele é um homem bom."

Dupont resmungou.

Mattaus ficou em silêncio, não fez qualquer gesto quando Dupont o insultou.

"Prometo que vou cuidar da sua filha. Amo Mireille."

Dupont não disse nada. Só ficou ali sentado, sacudindo a cabeça, o rosto tomado de dor, enquanto repetia: "Grávida".

✦ CAPÍTULO VINTE E QUATRO ✦

1962

"Então foi por isso que ele me mandou embora", disse Valerie, baixinho. O café tinha silenciado, só restavam as duas, mas mesmo assim ficaram e beberam enquanto Madame Joubert, a amiga mais antiga e mais querida da sua mãe, contava-lhe tudo que o avô tinha tentado, desesperadamente, para impedir que ela soubesse. Devia isso à amiga, ao amor que havia salvado sua própria vida.

"Foi."

"Dupont se culpou?"

"Sim. Acho que ele queria gostar de Mattaus, e antes de ir para a prisão, pode ser que gostasse, mas depois de passar vários meses em um presídio administrado por nazistas, saiu odiando todos, mais ainda do que antes. Mas não estava só. Um monte deles sentia isso. Era compreensível, acredite; como judia, sou a primeira a proclamar meu ódio aos nazistas, mas alguns foram longe demais, principalmente em relação às crianças com pais alemães. Eram vistas como se merecessem sofrer tanto quanto eles tinham sofrido. Essas crianças foram ridicularizadas, estigmatizadas e excluídas, e o são até hoje. Algumas delas nunca foram aceitas pelo restante da família, e o resultado foi que cresceram com profundos danos psicológicos. Dupont é uma porção de coisas, mas amava a filha e amava você. Quando ela morreu, ele tomou a decisão, por mais difícil que deva ter sido, de te mandar embora, assim você não teria que enfrentar o preconceito. Acho que é o que ele gostaria de ter tido a coragem de fazer com Mireille: mandá-la para o campo quando os alemães invadiram. Acredito que ele pensou que com você teria uma segunda chance de fazer a coisa certa, mesmo ficando de coração partido."

***

Naquela noite, quando Valerie foi para casa, pensou em tudo que Madame Joubert havia lhe contado. Tentou tirar algum sentido dos seus próprios preconceitos, das suas próprias crenças, e compará-los, de algum modo, com os da sua mãe e até mesmo do seu pai. Poderia entender como uma mulher na situação da sua mãe teria se apaixonado por um homem como Mattaus Fredericks? A resposta sincera foi sim. Assim como para sua mãe, a lealdade era uma parte importante do coração de Valerie, da sua formação, e ela compreendia muito bem que, se um homem arriscasse a própria vida para salvar a de sua amiga, ela também poderia ter se apaixonado por ele. A revelação trouxe algo novo para a descoberta de quem era seu pai; amenizou o manancial de vergonha que havia se enrodilhado com força em seu peito ao descobrir que ele tinha sido um soldado nazista. Mas ela sabia que não poderia descobrir tudo o que havia no coração do pai. Não poderia ter certeza de que ele fosse um homem bom em todos os sentidos, já que Madame Joubert havia lhe contado que em certa época ele acreditara no que o partido defendia. Mas supôs que o que mais importava era a pessoa que resultou no final, o tipo de pessoa que fazia o que era certo, sem medir as consequências, mesmo que isso significasse tornar-se um traidor da sua pátria e de suas regras. Sob muitos aspectos, ela percebeu que era ele a pessoa que ela mais precisava entender.

A chuva batia na janela quando ela entrou debaixo das cobertas. Mais uma vez, demoraria muito tempo para o sono chegar naquela noite.

***

Pela manhã, descobriu que Dupont havia lhe preparado outra xícara de chá, e sorriu ao olhar para ela. *Em algum momento*, pensou, *vou mesmo ter que ensiná-lo a fazer isso do jeito certo.*

Dupont a pegou olhando para ele algumas vezes naquela manhã; ela pensava nele e em sua decisão de mandá-la embora. Percebeu que começava a entender o motivo de ele ter acreditado que tomara a melhor decisão. Parte dela sentiu algo que não esperava sentir por ele há alguns meses, ao chegar pela primeira vez à livraria. Era pena.

Porém, uma parte dela ainda não conseguia acreditar no que Madame Joubert havia dito: que ele a amava. Talvez tivesse amado à sua própria maneira, mas também não seria provável que ele quisesse mandá-la para longe para se poupar da dor de olhar para ela, de sempre ser lembrado de onde ela tinha vindo?

Quando ela e Madame Joubert saíram do Les Deux Magots na noite anterior, as duas caminharam ao longo do Sena, nenhuma delas disposta a ir embora ainda, e por motivos diferentes. Já era noite e podiam escutar o delicado chamado dos pássaros e o dedilhar de uma guitarra vindo de um dos barcos fluviais.

A luz ao longo das margens do rio lançava faixas douradas na água, refletindo nos olhos verdes de Valerie quando ela se virou para Madame Joubert, o olhar intrigado. Conversavam sobre o dia em que Valerie havia sido levada de Paris, e Madame Joubert sacudia a cabeça, seus cachos ruivos reluzindo no ar noturno.

"Foi logo depois do fim da guerra", insistiu a mulher, enquanto Valerie protestava:

"Mas me lembro disso *durante* a guerra. Tenho certeza. O modo como corremos... o gosto do nosso medo. Amélie me pegou, e em uma das ruas havia um montão daqueles soldados. Amélie ficou com medo deles. Deu para perceber. Tinha que ser ainda durante a guerra, quando ela veio me levar com ela".

Madame Joubert aconchegou-se em seu grosso cachecol de lá e suspirou: "Não. Foi depois da guerra. Os soldados que você viu eram os nossos. Ela teve medo deles por sua causa. Era uma época de pânico, e não estava claro o que iria acontecer com os filhos das pessoas que eles tinham reunido para o que era chamado de 'o ex-purgo'. A cidade queria se livrar de qualquer resquício que lembrasse a Ocupação, punir todos que tivessem colaborado com os alemães, desde as mulheres que tinham dormido com eles aos homens que tinham negociado com eles. A sede de retaliação contra essas pessoas, nos corações e mentes de muitos dos parisienses que tiveram que sofrer enquanto alguns dos seus compatriotas pareciam se beneficiar, era grande. Dupont teve medo de que isso pudesse incluir você. Será que essas crianças seriam reunidas e levadas para algum campo de concentração? Mesmo que você não fosse levada, a outra realidade que, sem dúvida, recairia sobre você se crescesse aqui, era que jamais seria vista como uma de nós, sempre seria tratada como intrusa...".

Madame Joubert contou-lhe, então, a história que ouvira sobre um menino que tinha se matado aos 13 anos. Seu pai era alemão, e ele era provocado impiedosamente todos os dias, até não aguentar mais e se jogar de uma ponte. Outro rapaz foi procurar sua família alemã depois do tratamento sofrido como filho de um desses casais infelizes.

"Não sei como funcionou do outro lado, se os filhos de aliados foram tratados melhor na Alemanha. Mas, se aprendi alguma coisa sobre a natureza humana durante esse período, suspeito que não. Posso dizer, no entanto, que seu avô acreditava que a guerra que você teria que enfrentar começaria depois da Ocupação e nas ruas de Paris, quando tentasse, sem sucesso, justificar sua existência a pessoas profundamente feridas e revoltadas com o fato de que um dia tal coisa tivesse tido a permissão de acontecer. Foi por isso que ele mandou você ir viver com Amélie. Quis te poupar da dor de um dia sentir que não pertencia..."

"Só que, de qualquer modo, houve épocas em que me senti assim. Sempre soube que não fazia parte, que alguma coisa não batia."

"Eu sei."

Valerie olhou para Madame Joubert e sacudiu a cabeça. "Mas é verdade, fui poupada dessa raiva, desse sofrimento. Às vezes, me sentia como uma excluída, mas não era por causa da maldade de alguém. Minha vida é boa, cheia de amor, bondade, amigos."

Os ombros de Madame Joubert começaram a sacudir, e Valerie percebeu que Dupont não era o único que buscava absolvição pela decisão de mandá-la para ser criada por Amélie. Ela tocou no ombro da mulher.

"Posso perceber que eu não teria tido isso aqui; haveria um obstáculo entre o mundo e eu."

Amélie tinha sido uma tia e uma mãe para ela. Tinha recebido amor e carinho. Nunca fora levada a se sentir da maneira como algumas crianças como ela tinham, sem dúvida, se sentido.

Valerie desconfiava que a decisão do avô em dá-la, e as razões por detrás disso, levariam toda uma vida para serem processadas. Era fácil dizer o que poderia ter sido feito agora, quando ninguém estava em guerra, nem sujeito ao poder dela, testando as pessoas em todos os níveis, colocando o desejo de sobrevivência acima dos seus ideais.

Elas chegaram ao quarteirão de apartamentos na Rue des Oiseaux depois da meia-noite. O braço de Madame Joubert estava ao redor dos ombros de Valerie, e, quando se despediram, Valerie sentiu, só por um instante, que podia ver aquela moça, a mulher que fizera parte da resistência, aguerrida e leal ao extremo, uma jovem Clotilde, subindo a escada para seu apartamento, à direita.

⤙ CAPÍTULO VINTE E CINCO ⤚

O TELEFONE TOCOU NA LIVRARIA e Valerie atendeu. "Gribouiller".

No fundo, Dupont gritou, tirando os olhos de suas faturas e espetando um dedo nodoso, manchado de cigarro, em uma página cheia de números, sua grande calculadora ao lado: "Se for Timothe Babin, diga que eu mandei falar que ele é um sem-vergonha por ligar aqui e tentar fazer você agir pelas minhas costas. Não vou fazer isso. *Não* vou mais encomendar nenhum daqueles malditos livros do Fleming. Pouco me importa se vai sair um filme novo ou se aquele escocês vai estrelar. Na minha opinião, isso só piora tudo".

"É o seu avô gritando ao fundo?" Era a voz de Freddy.

Valerie sorriu, colocando um lápis atrás da orelha, e pediu: "Defina *gritando*".

A linha deu um ligeiro estalido. "Bom, dá para ouvir até em Berlim Oriental, e eles disseram que já têm problemas suficientes, então, me mandaram dizer para ele abaixar o tom."

Valerie riu. "O que posso fazer pelo senhor, Mr. Lea-Sparrow?"

"Bom..." A pergunta resultou em alguns minutos bem obscenos, e Valerie foi ficando vermelha em sua cadeira.

"*Fred-dy*, as pessoas podem ouvir! Quando você volta?"

"Pode ser mais cedo do que você pensa..."

"É mesmo? Cedo quando?", ela exclamou, endireitando os ombros caídos.

"Muito cedo."

"O que isso quer dizer?"

"Olhe para cá."

Ela franziu o cenho, depois levantou os olhos e soltou um gritinho de alegria. Lá estava ele. Fez um lembrete mental para, dali em diante, checar o telefone público lá de fora sempre que Freddy telefonasse.

Ele riu e disse no bocal: "Acho que nunca vou me cansar disso...".

Mas ela não escutou; já estava atravessando a rua, correndo, desviando-se de um carro que passava e buzinou para ela, despejando uma enxurrada de xingamentos que a acompanhou até se jogar nos braços dele.

Quando, alguns minutos depois, ela voltou para a loja às pressas, perguntando se poderia almoçar cedo, sem fôlego e feliz, seu longo cabelo loiro ondulando atrás dela, Dupont apenas bufou e a mandou ir, dizendo: "Graças a Deus, agora, pelo menos, posso parar de fazer aquela lavagem horrorosa para te animar. Vá, vá".

Valerie saiu com uma risadinha discreta, levando a jaqueta, e ela e Freddy foram de braços dados para o apartamento dele. No caminho, compraram uma garrafa de vinho e algumas baguetes frescas na padaria da esquina, além de um pouco de queijo – que cheirou tão mal em sua minigeladeira que, mais tarde, se arrependeriam –, e fizeram um piquenique na cama depois de uma comemoração bem mais íntima.

"Acho que te corrompi", Freddy disse, sorrindo de canto.

Ela riu, seus olhos verdes reluzentes. "Amélie disse isso quando éramos crianças. Lembro-me muito bem: 'Esse menino vai te trazer muitos problemas'. Ela tinha razão, também. Montanhas de *problemas*."

Ele sorriu e deu de ombros.

Ao começarem o pequeno banquete, Valerie colocou um pequeno pedaço de baguete na boca e contou a ele o que Madame Joubert havia revelado sobre sua mãe.

Freddy recostou a cabeça despenteada na cabeceira da cama e deu uma tragada no cigarro. Estava com a barba por fazer, e o sombreado em seu rosto fazia com que parecesse mais velho.

"Então eles se apaixonaram?", perguntou. "Bom, é compreensível, imagino, quando você é colocada numa situação dessas. O medo que ela deve ter sentido com aquele oficial dando em cima dela, e então esse outro homem vindo em sua defesa, o jeito como tentava ajudá-la... Quem não se apaixonaria?"

Ela percebeu que essa era uma das coisas que mais gostava nele: como era justo, como nunca via as coisas preto no branco.

"É", disse. "Eu estava sofrendo com isso, com o fato de ela ter se apaixonado por ele, mesmo entendendo o motivo de ter acontecido, mesmo ele parecendo ser, realmente, um homem bom..." Ela fez uma careta. "Mas não consigo deixar de querer que ela não tivesse se envolvido."

Ele olhou para ela. "Mas aí você não estaria aqui, Val. Me desculpe, mas estou meio que agradecido que ela tenha caído na cama dele, nazista ou não."

Ela riu. Desejou poder ver a coisa da maneira dele, tão sem julgamento. Sabia que era algo que teria de processar, analisar. Até ela tinha seus próprios preconceitos, resultado das consequências da guerra, e seu processo envolveria separá-los da pessoa que era seu pai, o homem que já tinha sido um nazista, e da vergonha de saber que parte da sua história, considerando tudo que aprendera, estava agora do lado "errado", responsável por alguns dos piores atos da humanidade, por melhor que seu pai parecesse ser.

✦ CAPÍTULO VINTE E SEIS ✦

1963

Valerie encontrou o diário por acaso, no começo do novo ano. Tinha andado manuseando a coleção, de certo modo grudenta, dos livros de receitas que Dupont guardava na prateleira da cozinha. Foi quando viu uma pontinha de couro surgindo entre um livro sobre jantares provençais e outro sobre pratos clássicos franceses. Puxou-a, percebendo que estava no lugar errado, e se surpreendeu ao abri-lo e ver a letra inclinada e caprichosa de sua mãe. O ar ficou preso em sua garganta. Ali, registrados por sua própria mãe, estavam seus primeiros momentos neste mundo.

Dia em que ela chegou: *12 de março de 1942.* Peso: *3,5 kg.*

Mas foi a primeira linha que saltou aos seus olhos, fazendo-a fechar o livro com o coração disparado.

Valerie Fredericks.

Levou a mão ao peito, sem fôlego com a descoberta: seu sobrenome era *alemão.*

***

Naquela tarde, enquanto arrumava as prateleiras, sua mente sacudia com a nova descoberta, como um disco de vinil que fica pulando. Fredericks. *Meu sobrenome é Fredericks.* Seus dedos tremiam e ela ansiou pela sensação de um cigarro entre eles, pela sensação de relaxamento que aquilo proporcionava quando tragava as toxinas para dentro dos pulmões, afogando o peso de todos seus pensamentos.

Por que a descoberta a desestabilizara? Sabia que a mãe tinha se casado com ele; não fazia sentindo ter seu sobrenome? Fazia, mas mesmo assim aquilo era um choque para ela, mais uma coisa que desconhecia sobre sua identidade. Por que sua tia e seu tio, ou Dupont, não haviam lhe contado quando era pequena? Mesmo podendo entender a decisão de ser criada em outro lugar, por que tanto do seu passado precisou ser mantido em segredo?

***

Mais tarde naquela noite, Valerie foi ao apartamento de Madame Joubert. A senhora abriu a porta trajando um quimono azul estampado, seus cachos ruivos e sedosos ressoando no tecido, uma pequena ruga entre os olhos por receber uma visita àquela hora. Mas descontraiu-se ao ver que era Valerie. "*Chérie?*"

Valerie mostrou-lhe o diário. "Encontrei isto, era da minha mãe. Posso entrar?"

Madame Joubert arregalou os olhos. "Claro, *chérie*. Você está bem?"

"Não tenho certeza", respondeu Valerie, com sinceridade.

A luz vinha de um pequeno abajur no canto da sala de visitas. Valerie foi levada a se sentar no sofá de veludo verde, onde a mulher lhe ofereceu uma bebida.

"Vinho, por favor."

Madame Joubert serviu-lhe uma taça e sentou-se ao lado dela.

"Posso?", disse, indicando o livro.

Valerie permitiu e a observou abri-lo, seus dedos parando ao tocar as páginas. Levou a mão ao coração. "É sobre você!", disse baixinho.

Valerie assentiu. Seus olhos marejaram enquanto ela limpava a garganta, tentando livrar-se da súbita onda de emoção.

"Só queria mostrar para alguém, alguém que entendesse."

Madame Joubert entendeu. Folheou as páginas enquanto Valerie olhava. Não tinha conseguido continuar por sua própria conta. Prendeu a respiração ao ver a letra confusa de outra pessoa, de um homem – deduziu –, e percebeu, com um susto, que devia ser do seu pai.

"É como um pequeno diário", segredou. "Com pequenas inserções e retratos da vida deles. Escrito, sem dúvida, quando Mireille nem imaginava que um dia seria descoberto assim."

Juntas, elas leram uma passagem que trouxe lágrimas instantâneas aos olhos de ambas:

> *Identifiquei cinco choros até agora. A parteira, Lisette, disse que um dia eu conheceria todos. Mas tem um que é só para mim, para a mamãe. É quando eu saio do quarto, e é o que mais me dói no coração.*

Valerie tomou um gole de vinho, enxugando com o dedo a insistente umidade em seus olhos. Percebeu o que mais a vinha perturbando na descoberta do álbum do bebê, mais ainda do que o nome *Fredericks*; era a história da sua mãe em suas próprias palavras. Fazia aquilo ser real, mais real do que qualquer coisa que já ouvira.

Madame Joubert leu em voz alta outra passagem, sorrindo através de seus próprios olhos enevoados:

Fui abençoada com um bebê calmo. Embora não tenha outra referência para julgar, sei, tenho certeza de que nisso tive mais sorte do que a maioria. Valerie dorme a noite toda. Tenho que confessar que, às vezes, eu a acordo só por sentir falta dela. M não concorda.

Madame Joubert recarregou as taças. Depois, disse: "Tenho uma coisa que também quero compartilhar com você".

Atravessou a sala até uma bela escrivaninha antiga, com pés em garras, a madeira encerada e brilhando à fraca luz âmbar. Destrancou o móvel com uma chave que, com o tempo, ficara esverdeada. Dentro, havia uma pilha de cartas.

"Sua mãe me escreveu enquanto eu estava na Espanha. Não podia enviá-las, é claro, mas mesmo assim escreveu."

Ela fungou, o nariz estava vermelho. "Achamos mais tarde, debaixo do colchão do quarto dela, depois..." Soltou um breve suspiro.

Depois que ela morreu, Valerie compreendeu. Seus dedos tremeram ao receber a pequena pilha de Madame Joubert. Estavam amarradas num maço, com um barbante de florista.

Madame Joubert hesitou. "Eu... estou feliz que você tenha primeiro encontrado o álbum", disse, indicando o diário encadernado em couro. "Mostra que houve um momento, antes do medo e da preocupação, em que eles foram felizes e quase iguais a qualquer casal de pais. Estas mostram", ela pigarreou, limpando a garganta, "algumas das primeiras tensões. Passei a semana toda pensando se deveria mostrá-las a você, com medo de que causassem a ideia errada, de que você a julgasse, talvez, com excessiva dureza... No começo, ela ficou muito preocupada com a gravidez. E isso deixou as coisas em casa muito tensas".

Valerie franziu a testa ao olhar para a pilha de cartas, uma pequena onda de ansiedade invadindo seu coração.

***

Mais tarde naquela noite, tendo ao fundo o som dos roncos de Dupont, abriu a primeira das cartas. Notou a grafia da mãe, como a mão inclinada e caprichosa parecia correr, como as letras disparavam, algumas incompletas, sinal dos seus medos e dúvidas, percebeu Valerie.

Minha queridíssima Clotilde,

O bebê começa a crescer. Mattaus diz que é saudável, apesar da nossa dieta limitada. Cresce forte, mesmo assim. Eu deveria estar feliz, mas não estou. Só sinto medo. Isso me consome dia e noite. Duas semanas atrás, uma grávida que, segundo os rumores, dividiu a cama com um oficial alemão, foi empurrada para a rua por uma multidão furiosa, depois de estourar a notícia daqueles estudantes presos por participarem de uma marcha de protesto. Ela caiu e alguém a chutou. O bebê nasceu morto. Papa disse que foi uma bênção disfarçada para a criança. Não pude acreditar que ele pensasse isso, menos ainda que dissesse isso. Fiquei muito brava com ele. Mas tenho que confessar que seria mais fácil se eu não tivesse engravidado. O que mais me preocupa é a criança... O que acontecerá depois que ela nascer? E se não estivermos aqui para protegê-la, e uma multidão enfurecida virar-se contra ela? Não consigo dormir à noite com esses pensamentos passando pela minha cabeça.

Papa sugeriu que eu vá para o campo para dar à luz, para um convento em Haute-Provence. Mas a verdade é: por que elas ajudariam a esposa de um nazista? Além disso, Mattaus ficaria arrasado. Ele tem um sonho de vivermos uma vida normal, e eu me esforço muito para acreditar que poderia ser possível, que essa guerra horrorosa poderia terminar logo...

Talvez termine. Às vezes, quando não consigo dormir, penso em você, na Espanha, e isso me conforta. Imagino-a no campo, em algum lugar quente, provando azeitonas, e que eu dia também irei encontrá-la. Espero que você esteja bem e que tenha recuperado um pouco dos quilos perdidos. Penso em você com muita frequência. Gostaria que houvesse uma maneira de realmente mandar esta carta para você, de escutar sua voz. Sinto sua falta todos os dias. Noutro dia, percebi que estava olhando demais para uma mulher ruiva, de lábios vermelhos. Não soube nem explicar por que eu estava chorando, mas ela foi delicada do mesmo jeito, oferecendo-me um lenço. Me pergunto se ela seria tão gentil se conhecesse o meu segredo... e quando eu começar a mostrá-lo.

M.

Apesar do choque com as palavras da mãe, Valerie continuou lendo, descobrindo que, sob certos aspectos, os medos da mãe revelaram-se verdadeiros. Com o passar do tempo, segundo uma carta, quando Mireille começou a mostrar barriga, alguns dos seus clientes costumeiros pararam de ir à livraria. O pior foi como Dupont ficou amargo com todo o contexto.

Ele simplesmente não consegue aceitar. Posso vê-lo tentando gostar de M todos os dias, tentando colocar suas dúvidas de lado, mas todas as noites elas voltam, como um peso que ele carrega, como um Atlas. Ele me disse que já era bastante ruim eu ter dormido com M, mas casar-me com ele era algo que não podia entender... Eu disse a ele que M não queria que seu filho crescesse como bastardo, e ele disse: "Já não é ruim o suficiente que o pai seja um nazista?". Chorei a noite toda, Clotilde. M não é isso... não mesmo...

Valerie fechou os olhos. Os medos do avô eram exatamente os que ela havia sentido quando descobriu sua história. Sentiu por sua mãe, esforçando-se tanto para convencer o pai de que Mattaus era um homem bom, de que não era como os outros.

Se ao menos ele chegasse a conhecê-lo, acho que entenderia, que veria.

Valerie se perguntou se Mireille teria escrito a Clotilde por saber que a amiga entenderia, pois, entre todos eles, Mattaus tinha arriscado tudo, virado um traidor, por ela. Pelo menos por isso ele merecia seu amor, sua confiança.

Quando o sol despontou no horizonte, Valerie já tinha lido metade das cartas. Ela descobriu que, conforme o tempo passava, os medos da mãe começaram a se dissipar, de certo modo, quando o entusiasmo dela e de Mattaus por ter um bebê começou a fincar raízes.

Hoje, M trouxe para casa uma abóbora grande, de casca verde-escura, comprada no mercado. Havia semanas que não tínhamos nada tão exótico. Normalmente temos nabo no jantar, e, quando temos sorte, uma ou outra batata. M diz que o bebê está do tamanho dela, agora. Pagou um preço ridículo pelo vegetal. Durante três dias não deixei que ninguém comesse aquilo, ficava olhando para ela feito uma idiota, e ela começou a enrugar. Como você teria rido de mim, me vendo chorar quando eles a cozinharam para o jantar!

Valerie descobriu que foi por volta dessa época que Mireille arrumou o livro do bebê.

Quero fazer um registro de tudo. Os homens não se lembram desse tipo de coisa, e Maman não fez um diário, então não sei como ela se sentiu ao se tornar mãe pela primeira vez. Gostaria que ela estivesse aqui, agora... Ela saberia o que dizer... M tem sido maravilhoso o tempo todo, fazendo

*com que eu deixe meus medos de lado. Tem muito encanta-
mento nos olhos deles, com a ideia de ser pai. Fica trazendo
coisinhas para casa. Coisas cor-de-rosa. Dá para ver que quer
uma menina. Espero que não fique triste se for um menino...*

Era como voltar no tempo e vivenciar aquilo com ela. Quando
Mireille escreveu sobre o racionamento de roupas novas, Valerie
sentiu que poderia imaginar sua frustração por não ter nada que
lhe servisse na gravidez avançada.

> *Tive que fazer aquelas batas de maternidade disformes.
> Parecem aquelas colchas de retalhos – você sabe como sou um
> fracasso costurando. Não tenho suas habilidades. Posso ima-
> ginar você, Clotilde, com um cigarro entre os lábios, criando
> algum modelo que poderia concorrer com os de Madame
> Chanel. Eu, por outro lado, criei duas tendas tortas com meus
> velhos vestidos, e alterno essas duas peças tristes dia sim, dia
> não, porque quando já não estiver grávida, é isso, não vou
> poder comprar mais roupas. Mas está tudo funcionando, de
> fato, menos os sapatos... Meus tornozelos estão do tamanho de
> melões, e a única coisa que serve é um par de chinelos. Você
> não imaginaria que eu ficaria tão grande com uma dieta
> tão limitada... mas é isso aí. O bebê, agora, está do tamanho
> de uma abóbora-espaguete. Infelizmente M não conseguiu
> arrumar uma para o nosso jantar...*

Pela manhã, com os olhos turvos pela falta de sono, Valerie
preparou uma xícara de café forte para si mesma e leu a última
carta.

O líquido escuro não chegou a alcançar seus lábios quando
ela leu sobre o primeiro confronto que a mãe teve com Valter
Kroeling. Levantou-se rapidamente para pegar um pano de prato,

limpando o papel onde o líquido âmbar tinha deixado sua mancha, como que para ressaltar a amargura que havia ali.

Eu estava no mercado quando dei com Kroeling. Tenho ido a um em Montmartre... Confesso que vou lá porque ninguém sabe quem sou, então tem menos chance de algum conhecido vir até mim perguntar sobre o bebê... e o pai. Eu tinha comprado os mantimentos da semana – agora tem muito pouco, com o racionamento, dificilmente uma carne. Comemos nosso peso em nabos. De todo modo, quando me virei para ir embora com minha sacola de compras, vi Kroeling do outro lado da rua. Minhas pernas começaram a tremer e fiquei zonza, virando-me rapidamente, desejando sair rápido, antes que ele me visse, mas era tarde demais. Antes que eu me desse conta, aquele sujeito repugnante estava na minha frente, me girando, olhando meu vestido solto sem acreditar, os olhos tomados pelo ódio. "Você está grávida."

Tentei desvencilhar meu braço do dele, mas ele era forte e o torcia, gostando da minha dor enquanto eu pedia para ele me soltar. Tinha a mesma expressão no rosto da vez em que veio me procurar... e senti muito medo, mas, dessa vez, ele usou palavras em vez de me bater. Seu rosto se contorceu numa mistura de luxúria e puro ódio enquanto seu olhar me percorria. "Não demorou muito, demorou?" Seus olhos estavam nos meus seios, que, nas últimas semanas, passaram por uma espécie de explosão. "Ficam bem em você. Acho que vou te levar a algum lugar para ver o quanto." Gritei para ele me soltar e ele só riu de mim. "Ou o quê? Você vai acionar seu namorado médico contra mim?"

Eu disse que sim, que M faria questão de que seus superiores soubessem que ele estava me atormentando.

Foi aí que ele riu mais ainda e mostrou uma nova insígnia em sua camisa. "Superiores? Está vendo isto? Significa que agora sou major."

"E?", perguntei.

Seus olhos faiscaram. "Significa que o velho e querido Herr Fredericks agora precisa se reportar a mim..."

Senti-me empalidecer. Ao chegar em casa, contei a M. Mas ele não ficou preocupado com a promoção de Kroeling, só com meu bate-boca com ele. Contou-me que a impressora que eles costumavam operar na livraria ficou maior, portanto não fazia sentido trazê-la de volta para cá. Além disso, as obrigações superiores de Kroeling significam que agora ele está mais envolvido, por exemplo, na verificação de fronteiras, na resolução de outros assuntos. Um deles, detesto dizer, tem a ver com os judeus. Soubemos que eles começaram a reuni-los e levá-los para campos de concentração. Papa me contou que uma das pessoas levadas foi nossa velha professora de piano, Madame Avril. Como chorei quando soube! Implorei a M que fizesse alguma coisa, mas o que um só homem poderia fazer? É a coisa mais terrível, mais odiosa. Desprezo-me por estar tão pateticamente agradecida que você esteja salva – ou, pelo menos, espero que esteja – quando sei que eles não estão. Odeio essa guerra e esses nazistas... e o que fizeram para todos nós.

M ficou doente quando soube o que eles tinham feito. Acontece que o avô dele era judeu. Pude ouvi-lo vomitando à noite. Sei que ele sabe mais do que me conta. Me pergunto se ele se sente tão mal por se preocupar que descubram sobre o avô ou porque as pessoas com as quais cresceu sejam capazes de coisas tão monstruosas. Talvez sejam as duas coisas...

Valerie pousou a pilha de cartas sob um amontoado de papéis na sua mesa de bistrô quando Dupont entrou na livraria.

Olhou para o velho. Havia inúmeras perguntas a serem feitas a ele. Inúmeras coisas que ela queria, precisava entender. Abriu a boca com o coração disparado, preparando-se para dizer as palavras que tinha escondido dele por tanto tempo. O segredo que precisava desabafar. Limpou a garganta, e ele a olhou com a testa franzida. "Você tomou banho com o seu café hoje?", perguntou, achando graça.

Ela abaixou os olhos e viu que havia gotas de café sobre toda a superfície branca da sua camiseta. Quando olhou para ele novamente, o momento tinha passado, e tudo o que sentiu ao subir para se trocar, com as cartas presas debaixo do braço, foi um imenso cansaço.

✦ CAPÍTULO VINTE E SETE ✦

UMA SEMANA DEPOIS, chocada, Valerie descobriu algo em comum com a mãe. Estava grávida. Ou, no mínimo, poderia estar.

Olhou para sua pequena agenda escolar, na qual anotava coisas como "10 da manhã, hora no cabeleireiro", e fez uma careta ao folhear as últimas semanas, verificando a última vez em que tinha feito um pequeno X vermelho que sinalizava sua menstruação.

Colocou a cabeça nas mãos. Era mais esperta do que isso, ou pelo menos era o que pensava. Ela e Freddy tinham usado proteção. Exceto, bom... talvez nem sempre, constatou com um medo crescente. Relembrou uma noite de bebedeira, algumas semanas atrás, quando Freddy estava sem camisinhas e ela tinha dito, animada: "Que mal vai fazer só uma vez..."

Ah. Meu. Deus, pensava agora. Embora o fato de ela e Freddy se amarem lhe desse algum conforto, não era assim que tinha imaginado esse acontecimento... com ela dormindo em uma pequena cama infantil, fingindo ser alguém chamado Isabelle Henry, e Freddy alugando a pior mansarda do mundo.

Ao se levantar, sentiu o mundo rodar. Correu para o banheiro para vomitar, esperando que não fosse o começo de enjoos matinais.

Mais tarde naquela noite, quando Dupont saiu para fazer algumas compras, preparou uma xícara de chá e sentou-se para ler o livro do bebê na cozinha, planejando colocá-lo depois onde o tinha encontrado. No entanto, viu-se olhando para ele mais e mais. Subitamente aquilo ganhara mais significado para ela, com seus medos correntes. Não escutou Dupont entrando na cozinha, de tão absorvida que estava, e levou um susto quando ele tocou em seu ombro. Fez menção de esconder o álbum, olhando dissimuladamente dele para Dupont, mas percebeu, pela sua expressão, que ele já havia visto. Ficou pálido, e ela, por um momento, perdeu a voz.

"Eu... Monsieur Dupont... sinto muito. Achei isto junto dos livros de receitas..." Ela queria se matar por estar lendo-o ali. Se o tivesse guardado no quarto, ele nunca saberia.

Um músculo flexionou-se no maxilar de Dupont, que arrancou o álbum da mesa e o enfiou debaixo do braço. Seus olhos azuis ferviam de raiva, e ela abaixou os olhos, engolindo com dificuldade.

"Então, você achou que simplesmente podia *lê-lo*, mesmo sendo um pertence particular de alguém."

Valerie fechou os olhos, o rosto cobrindo-se de vergonha. "Eu... Eu não devia. Peço desculpas."

Ele estava lívido. Abriu a boca e tornou a fechá-la. Ela percebeu que ele estava se esforçando ao máximo para manter a calma. Para alguém tão esquentado quanto Dupont, isso fez com que ela se sentisse pior, que percebesse a gravidade da sua decepção. Ele respirou fundo e disse: "Eu não deveria ter deixado isso aqui se não quisesse que fosse lido".

Então, virou-se e saiu. Ela viu sobre a mesa a sacola de compras do mercado, cheia de saquinhos de chá, scones, um vidro de geleia de morango, creme, e se sentiu péssima. Era óbvio que ele estava pensando nela quando foi às compras, o que só piorou as coisas. Nos últimos tempos, andava fazendo isso constantemente, comprando coisas inglesas para ela. Aquilo era tão fora do normal, e tão meigo, que, agora que o tinha magoado, sentia-se realmente mal.

Seguiu-o até a sala de visitas, onde ele havia se acomodado com o jornal da tarde e um cigarro entre os lábios, uma ruga entre os olhos. Estava, literalmente, se escondendo atrás das páginas. Quando ela tentou conversar sobre o álbum do bebê, ele apenas pediu que o deixasse em paz. "Já passou, deixe para lá." Seu tom era frio; sua atitude dizia *esqueça*.

Mas ela sabia que ele não esqueceria. No dia seguinte, houve tensão entre os dois o dia todo, e Valerie começou a se preocupar que, se aquela era a sua reação por ela ter olhado as coisas da sua mãe, como ele reagiria à notícia de que era a neta que tinha mandado embora, de volta, agora, para viver ali em segredo?

Suspirou e saiu para dar uma volta, acabando na casa de Freddy. Tinha muita coisa para dizer a ele, a começar pela notícia de que, provavelmente, estava grávida, mas guardou isso consigo, por enquanto. Diria a ele quando tivesse certeza, decidiu. Então, contou-lhe o que tinha acontecido. Sobre o livro do bebê.

Ele estava sentado no colchão, com a máquina de escrever verde no colo, a camisa desabotoada. "Um livro dos seus primeiros meses? Uau!"

Ela concordou. Uau mesmo. "Foi... não sei como explicar, foi mais do que maravilhoso descobrir esse livro. Não é grande, quero dizer, os registros são só pequenas observações, frases espalhadas em várias semanas. Mas, querendo ou não, é um comprovante de um amor materno, e sabendo que é sobre mim, eu..." Ela mordeu o lábio, sentindo as lágrimas começarem a se formar. "Ele torna tudo muito real. O que foi tirado de mim, *quem* foi tirado de mim durante essa guerra. Eu adoraria tê-la conhecido."

Freddy foi até ela. "Ah, amor. Sinto muito."

Ela balançou a cabeça, respirando em meio a soluços, depois enxugou as lágrimas. "Também faz com que isso tenha um grande valor, porque, de certa maneira, eu a descobri de novo. Madame Joubert também me deu as cartas que minha mãe escreveu para ela, e embora parte do que aconteceu seja um pouco difícil de engolir – e eu saiba que, se nunca tivesse vindo aqui, seria poupada da verdade de onde eu vim –, eu poderia nunca ter conhecido nada da minha mãe. E isso meio que faz com que, no final, tenha valido a pena."

***

Naquela noite, quando Valerie chegou em casa, encontrou Dupont sentado na sala com uma garrafa de uma bebida amarelada à sua frente, olhando o livro do bebê.

Ela mordeu o lábio ao entrar. Ele levantou os olhos e a cumprimentou com um gesto de cabeça. "Venha, sente-se", disse. "Posso lhe servir um copo de pastis?"

"Pastis?"

"É feito de semente de anis. É muito bom, da Provence."

Ela aceitou. "Está bem."

Deu um gole na bebida e fez uma careta. Tinha gosto de alcaçuz.

O livro do bebê estava aberto ao seu lado, mas ele não falou nisso. Perguntou sobre a noite dela e como estava Freddy. Ela percebeu que ele estava se sentindo mal pela maneira ríspida como tinha falado, mas não ia se abrir sobre o álbum. Valerie sabia que teria que ser ela a fazer isso.

"Ela amava muito o bebê", disse, indicando o álbum.

Os olhos de Dupont escureceram e ele fechou o álbum de repente, levantando-se. "Acho que está na minha hora de ir para a cama."

"Não, espere, monsieur. Me desculpe."

Ele fechou os olhos. "Não quero falar sobre isso. Por favor, me dê licença."

"Não."

Ele se virou para olhar para ela, a surpresa estampada em seu rosto enrugado. Seu cabelo de algodão estava espetado no lugar onde ele se recostara no sofá.

"Não?"

Ela respirou fundo, tentando se controlar, e também se levantou. "Não. Precisamos conversar sobre isso."

Ele piscou, encarando-a, talvez, pela audácia de alguém lhe dar ordens em sua própria casa. Estava prestes a dizer isso quando ela ergueu a mão. Então, mexeu dentro da bolsa e tirou a fotografia da mãe que havia colocado ali naquela manhã, a foto que estava na mala, que tinha desde menininha. Suas mãos tremeram ao passá-la para ele.

Ele olhou para a foto, confuso por um instante. Depois, olhou para ela e pareceu cambalear.

Ela agarrou seu braço, equilibrando-o.

Ele estendeu a mão para a parede e disse, baixinho: "Onde você conseguiu isto?". Seus olhos estavam hostis, e profundamente azuis.

O coração de Valerie batia tão forte em seus ouvidos que ela teve medo de que ele pudesse ouvi-lo. Engoliu com dificuldade e lhe disse, com franqueza: "Ela sempre esteve comigo, desde que eu era bebê. É a única foto que tenho da minha mãe".

Foi preciso ajudá-lo a se sentar quando seus joelhos bambearam.

"Vo-você é, você é..." Era como se ele não ousasse dizer aquilo em voz alta.

"Sou Valerie Dupont."

Dupont olhou para ela em choque. "Valerie", disse, depois repetiu: "Valerie". Seu rosto se contorceu, e o velho começou a soluçar de uma maneira que partiu o coração de Valerie.

Ele a deixou tocar em suas costas, e ela se sentou, num silêncio mortal, enquanto os ombros dele sacudiam e as lágrimas jorravam por seu rosto velho e cansado, incapaz de contê-las.

Depois de um tempo, quando ele finalmente recuperou a compostura, ela lhe serviu outro copo de pastis, não percebendo que o motivo de não conseguir vê-lo direito para lhe estender o copo eram as lágrimas que lhe escorriam pelo rosto.

"Como é possível?", ele murmurou, depois de algum tempo.

Então, ela explicou tudo. Era uma longa história, mas, para sua surpresa, quando ela mencionou o anúncio, ele caiu na risada, olhando para ela com os olhos embaçados. "Então, você mentiu sobre aquele ensaio para ter certeza de que eu ia te contratar", ele resfolegou, sacudindo a cabeça. "Também funcionou."

Ela sorriu, concordando. Suas mãos tremiam ao dar um gole no pastis que servira a si mesma; depois, pousou o copo rapidamente na mesa, lembrando-se de que, provavelmente, não deveria estar bebendo. "Você não está bravo?"

Ele olhou para ela, surpreso. "Bravo com você?"

Outra lágrima rolou dos seus olhos, e o queixo dele tremeu. Pegou seu copo, embora ele tremesse em suas mãos. "Minha querida, a única aqui com algum direito de ficar brava é você."

Todos os segredos dela foram extravasados, então. Tudo que Madame Joubert havia lhe contado. Tudo que ela tinha conseguido descobrir. Dupont ficou indignado que Madame Joubert tivesse escondido isso dele. "Quando eu a vir, vou fazer um inferno."

"Não faça. Acho que ela já teve o bastante..."

Ele enxugou o nariz, acendeu um cigarro e concordou com a cabeça, a vontade de brigar parecendo se evaporar dele com a mesma rapidez. "Quanto a isso, é possível que você tenha razão."

Ela preparou um chá para os dois e serviu os scones que ele tinha comprado mais cedo, os quais, numa atitude muito não Dupont, ele afirmou serem deliciosos. A meio caminho da segunda mordida, ela percebeu que ele tinha recomeçado a chorar. Sentou-se ao lado dele e segurou sua mão. Para sua surpresa, ele apertou a dela com força, depois sacudiu a cabeça. "Estou velho, *chérie*, mas você me deixou muito feliz, hoje. Nunca imaginei... que eu conheceria você, que descobriria que a moça que acabei considerando um pouco como uma filha fosse, de fato, você... Eu poderia pensar que, de repente, passei a acreditar em contos de fadas e segundas chances, e nunca me aconteceu nenhuma dessas duas coisas", ele apertou a mão dela e fungou, "até agora".

❧ CAPÍTULO VINTE E OITO ❧

DUPONT E VALERIE CAMINHARAM até o Jardin des Tuileries e sentaram-se em um restaurante que dava para o jardim de inverno.

Tinham se estranhado ligeiramente no café da manhã, sendo excessivamente educados após as emoções derramadas na noite anterior, mas logo depois da primeira xícara de café, e da decisão – a primeira em décadas – de fechar a Gribouiller em um sábado, decidiram sair, caminhar e conversar.

Havia muitas coisas que ele queria saber. "Como era a sua casa? Era uma casa?"

"Era. Uma casa geminada, ao norte de Londres, padrão, duas em cima, duas embaixo."

"O que quer dizer isso, 'padrão'?", ele perguntou. Ela teve que explicar as moradias inglesas e a vida suburbana em geral.

"Que maluquice!", ele exclamou. Em seguida: "Continue".

Então, ela contou. Contou sobre Amélie, sobre seu tio John, que tinha sido como um pai para ela; ensinou-a a andar de bicicleta, incentivou-a no amor pela leitura...

Nessa hora, Dupont caçoou, dizendo, categoricamente, que isso devia estar no seu sangue, considerando a livraria, e ela admitiu haver uma boa chance.

No entanto, quando estavam sentados no restaurante, ela abriu a bolsa e tirou o velho exemplar de *O jardim secreto*, trazido com ela da Inglaterra.

Dupont arregalou os olhos quando ela o passou para ele. Seus dedos tocaram o desbotado "G" carimbado na folha de guarda. Deu um tapinha nele, sacudindo a cabeça, os olhos ligeiramente marejados. "De Gribouiller", ele disse, e os olhos dela também se encheram de lágrimas com a descoberta.

"Eu o coloquei na mala... naquele dia", disse Dupont, referindo-se ao dia em que Amélie tinha ido para levá-la à Inglaterra.

Valerie olhou para o livro.

"Eu queria que você tivesse alguma coisa dela, alguma coisa para guardar, junto com a fotografia", ele continuou.

Ela fechou os olhos, respirando pausadamente. "E eu guardei por todo esse tempo, mas foi só no outro dia, quando estávamos na loja e você me contou que este tinha sido o livro preferido dela, que eu me dei conta de que tinha vindo daqui."

"Ela teria ficado muito feliz por você ter gostado dele tanto quanto ela."

Quando o sol começou a desaparecer, os dois voltando pelo caminho ao longo do rio, ele lhe contou que, apesar dos medos, ter um bebê foi a maior alegria da juventude de Mireille.

✦ CAPÍTULO VINTE E NOVE ✦

1942

Todos os seus medos em relação a dar à luz, a como as pessoas reagiriam nas ruas ao saber que ela tinha um bebê com um oficial alemão, dissolveram-se naquelas semanas de penumbra que se seguiram ao nascimento de Valerie. O apartamento se tornou um casulo onde apenas elas existiam. Mireille e o bebê.

Mattaus estava lá sempre que conseguia escapar do trabalho no hospital, seu pai também vinha várias vezes durante o dia, mas, na maior parte do tempo, eram as duas e seu pequeno mundo, que tinha ficado menor, mas, de certo modo, mais rico.

Ela deu ao bebê o nome de Valerie em homenagem a sua mãe, morta por pneumonia quando Mireille tinha 9 anos. Contudo, estampados no rosto da criança estavam, de certo modo, os lábios da mãe, as orelhas, o nariz.

Passava horas olhando, encantada, para a filha. Os bracinhos gorduchos e as pernas rechonchudas, os pezinhos macios que cabiam perfeitamente na palma da sua mão, como pérolas.

Até seu pai se viu enfeitiçado por Valerie. O entrave que havia entre Mireille e Dupont desde que ele voltara da prisão para casa, descobrindo que Mattaus tinha se tornando mais do que apenas o guarda-costas que ele esperava, pareceu dissolver-se ao segurar a neta pela primeira vez. Quando a criança pareceu dar seu primeiro sorriso, ele jurou que era para ele, ainda que Mireille não tivesse coragem de dizer que era cedo demais e que, provavelmente, eram apenas gases.

***

Logo a vida de Mireille passou a girar em torno de uma confortável rotina. Ela dormia quando Valerie dormia, e tinha orgulho de identificar cada choro: *molhada, sede, gases, fome, cansaço, tédio*. Esse último ela demorou um tempo para descobrir, mas, quando levou a filha para outro cômodo menos frequentado e viu como ela olhava abismada para o papel de parede estampado às suas costas, finalmente parando de chorar, percebeu que tinha chegado a hora de dar uma volta ao ar livre.

Ficou nervosa ao pôr Valerie no carrinho que Mattaus trouxera para casa num final de tarde, logo depois do nascimento da filha. O carrinho, ou pelo menos seu antecessor, tinha sido motivo para uma das primeiras discussões sérias que tiveram. Era o último modelo, lustroso e novo. Ficava evidente, para qualquer um que olhasse, o tipo de pessoa que conseguiria arcar com aquilo naqueles tempos: alguém que, sem dúvida, tivesse colaborado com os alemães um pouco além do aceitável. Mattaus tinha batido o pé, apesar dos protestos dela; queria o carrinho para a filha. Que importância tinha o que os outros pensavam?

"Nenhuma", respondeu Mireille com rispidez. "O que importa é o que eles fazem com esses pensamentos. Vi umas mulheres empurrarem e chutarem essas crianças." Sua voz falhou ao se lembrar da mulher que perdera o bebê quando uma multidão se voltou contra ela depois das revoltas estudantis. Era seu maior medo.

"Eles jamais fariam isso na minha frente", ele disse.

Ela olhou para ele sem acreditar. "E você pode garantir que estará por perto o tempo todo para impedir?"

O silêncio dele significou que ela tinha tocado num ponto sensível. Depois de certo tempo, menos inflamado, ele respondeu: "Por que as pessoas precisam ser tão cruéis?".

Mireille suspirou. Doía-lhe o quanto ela entendia aquilo; em partes, ela ainda se contorcia de vergonha, ainda que soubesse que Mattaus não era o inimigo, que não era como os outros. "Para eles, é uma insígnia; a única coisa que lhes resta, sua integridade. Eles a lustram, como se fosse uma pedra, e a jogam em outras pessoas à vontade."

Depois disso, Mattaus não voltou a tocar no assunto com ela. Mas ao chegar em casa, mais tarde naquela noite, o carrinho novo e lustroso tinha sumido, e em seu lugar havia um carrinho ligeiramente enferrujado, datado de antes da guerra. Ela beijou seu rosto, agradecida. Era perfeito.

Mas isso foi naquela época. Até agora não tinha juntado coragem para usá-lo de fato.

Respirou fundo ao empurrar o carrinho pela porta dos fundos e começar a descer a rua, um leve desabrochar de medo contraindo sua garganta. Esperava... Esperava que algum conhecido passasse por ela e cuspisse, xingasse, sacudisse o carrinho. Mas, como uma bênção, a rua estava sossegada, pouquíssimas pessoas perambulando. Com a imposição do novo racionamento, percebeu que a maioria das pessoas estava conservando o máximo de energia possível.

Soltou um suspiro de alívio quando entraram no parque que se estendia ao longo do Sena, e por um breve período ela era como qualquer outra jovem mãe nas ruas de Paris.

Depois daquele primeiro dia, tornou-se um hábito irem diariamente até o parque. Mireille mostrou a Valerie os patos nadando no rio. Antes da guerra, as pessoas jogavam pão amanhecido para alimentá-los, mas esses dias eram passado. Podia-se alimentar a si próprio com pão amanhecido.

No entanto, enquanto empurrava o carrinho, ela podia, por um instante, imaginar que eles já não estavam em guerra, não mais sob a Ocupação.

Na livraria, a situação era completamente diferente. Apesar dos melhores esforços dos alemães para mostrar que sua Ocupação transcorria na normalidade e o quanto eles estavam se saindo bem na guerra, a verdade transparecia em sussurros perigosos e sombrios. Os aliados eram uma ameaça que eles não conseguiam conter.

Em segredo, Vincent sintonizou um velho rádio transistor numa transmissão ilegal da resistência. O homem que Clotilde havia mencionado, Charles de Gaulle, falava sobre uma recente revolta. Dizia-lhes para irem em frente, para continuarem resistindo. "Chegará a nossa vez", prometeu.

Mattaus ficou arrasado ao descobrir que eles estavam escutando rádio. Preocupava-se que se fossem delatados por algum dos vizinhos, pois poderiam pagar com suas vidas.

Vincent ficou furioso com o alerta. Para ele, isso provava de uma vez por todas que o homem, no fundo, era um nazista.

"É a única proteção que temos, a ilusão de que eu seja quem eu digo que sou", Mattaus tentou explicar. "Qualquer outra coisa faria tudo isso cair como um castelo de cartas."

Vincent fungou. "Tem certeza de que é apenas uma ilusão?"

❧ CAPÍTULO TRINTA ❧

A MARCHA DOS ESTUDANTES contra os alemães foi manchete no mundo todo. Mas em pouco tempo, depois que os líderes do protesto ilegal foram presos, começaram os rumores. Mattaus chegou em casa com uma expressão sombria. "Estão falando em torná-los um exemplo."

Mireille limpava a boca do bebê e levantou os olhos. "Você está dizendo que eles serão mandados para a prisão?"

"Por enquanto."

Ela franziu o cenho. "Com certeza eles não vão matar os meninos só por causa de uma marcha de protesto, não é?"

Mattaus olhou para ela sem acreditar. "Todos os dias as pessoas aqui são mortas por muito menos."

Era verdade. Os tempos tinham se tornado ainda mais difíceis. E com a rápida aproximação do inverno, juntamente com o primeiro aniversário de Valerie na primavera seguinte, a sensação nas ruas de Paris era ainda mais sinistra. Ao que parecia, os alemães tinham parado de fingir ser simpáticos.

No começo do ano seguinte, os cinco estudantes que protestaram foram executados. Naquela noite, quando Vincent ligou o rádio, Mireille esgueirou-se em seu quarto. "Ele não vai gostar", o pai preveniu.

Mas ela deu de ombros. "Preciso saber o que estão planejando...", disse, aninhando Valerie junto ao peito; finalmente, a filha tinha adormecido. "Preciso saber que existe algum futuro para a minha filha, um fim para essa guerra que não acaba nunca."

***

A única coisa que tinha melhorado no último ano foi que, como Mattaus previra, Valter Kroeling era visto cada vez menos. Com sua nova promoção, ele mal tinha chance de ir à livraria naqueles dias. Agora, um homem de rosto austero e bigode grisalho vinha inspecionar o estoque e as encomendas, assegurando que eles não vendessem ou distribuíssem qualquer livro ou material banido. Henrik Winkler executava a tarefa com eficiência e saía com a mesma presteza.

Depois da marcha de protesto dos estudantes, a resistência cresceu, e uma das mulheres da antiga rede de Clotilde, Thérèse Castelle, voltou a contatar Mireille ao notar que Valter Kroeling já não ia à livraria com tanta frequência. Mireille percebeu que a mulher, com seu cabelo desbotado e cachecol vermelho, frequentadora assídua da livraria, tentava definir onde estava sua lealdade: com o amante alemão – ninguém sabia do casamento deles, que seria censurado tanto por autoridades francesas, quanto alemãs – ou com seu próprio povo.

Mireille desconfiava que Clotilde tivesse contado a eles o que ela havia feito. Um dia, Thérèse passou-lhe um bilhete, e quando o abriu, estava escrito: *Descubra se é verdade. O Fanático virá em visita? Se vier, quando? Precisamos nos preparar.*

Mireille queimou o bilhete, seu coração disparado no peito. Ela sabia que "O Fanático" era uma referência ao *Führer*, o próprio Hitler. Ele tinha ido por um dia, no começo da Ocupação, para uma marcha da vitória pelas ruas de Paris, e muitos eram os que teriam gostado de saber por onde ele desfilaria para poderem planejar um atentado. Na época, isso fora mantido em segredo, mas agora, se ele estava voltando...

Mireille não sabia como a mulher pensava que ela poderia descobrir tal coisa. Alguns dias depois, no entanto, a mesma mulher deixou outro recado, e ela entendeu: *K está supervisionando o evento. Se ele disser alguma coisa, passe-nos a informação.*

Ela percebeu que era parte da nova função de Kroeling. Fazia sentido: ele era importante para a máquina de propaganda nazista, sem dúvida saberia se Hitler planejava ir e quando, e faria a cobertura em sua revista.

Isso significava que ela precisava assegurar que ele mesmo fosse à loja, e não Henrik Winkler. Para conseguir tal feito, precisava atraí-lo até lá.

Ele foi uma semana depois. Seus olhos aguados faiscavam. "Onde está a mesa, mademoiselle?"

"Que mesa?", ela perguntou, fingindo inocência.

Um músculo flexionou-se em seu rosto. "Aquela onde colocamos nossos informativos, como você bem sabe. Nosso acordo foi de que ela permaneceria aqui na loja. Foi o único motivo para permitirmos vocês manterem este... negócio", ele disse, seus olhos fitando as estantes meio vazias. Vincent fez menção de sair da cadeira, mas ela sacudiu a cabeça e ele voltou a se sentar, com Valerie aninhada em seu colo.

O olhar de Kroeling deu com o bebê, e ele disse com desdém: "Veja com que ternura ele embala aquela fedelha alemã. Deveríamos tirar uma foto e mostrá-la ao *Führer*: o sucesso da Ocupação. Alemães e franceses vivendo juntos, em paz e harmonia... A nova geração despontando...".

O rosto de Vincent ficou vermelho de raiva, mas Mireille aproveitou a oportunidade: "Alguém na sua posição já teve a chance de falar com ele? Eu jamais teria acreditado", cutucou.

Como esperava, ele se eriçou. "Sim, claro que falo. Sou fundamental para toda essa Ocupação. Ele está muito interessado no que tenho a dizer sobre seu sucesso."

"Mas certamente ele está ocupado demais, e não prestará muita atenção no que está acontecendo aqui se estiver distraído com a luta em outro lugar..."

Ele escarneceu, interrompendo-a com um gesto de mão. "A guerra acabou. Nós ganhamos. Seus esforços, agora, são para manter seu povo feliz. Especialmente aqueles que estão sob seu comando. Paris é a joia do seu império, e ele tem um forte interesse nela, é claro. É por isso que virá na próxima semana..."

"Ele vem?"

"Vem. Uma marcha da vitória pelas ruas de Paris, começando pelo Arco do Triunfo, é claro, como Napoleão."

"É claro", disse Mireille.

Quando Thérèse veio dois dias depois, Mireille colocou o bilhete em um romance de Alexandre Dumas e o entregou a ela. "Aqui está o romance que você encomendou." Dentro dele, ela tinha escrito: *Próxima semana. Arco do Triunfo.*

O recado de alerta veio no dia seguinte, enviado pelo homem que dirigia a padaria dobrando a esquina: *Não confie na antiga rede.*

Mireille ficou com a boca seca. Pensou no livro com o bilhete. Na mulher de cachecol vermelho. O que tinha feito?

Vieram buscar Mireille no primeiro aniversário de Valerie. Eles tinham passado a data no parque, seu lugar preferido, perto dos patos. Foi um evento discreto. Mireille fez um bolo, economizando o açúcar semanal do chá, e houve até um pouco de glacê rosa. Estavam apenas os quatro numa coberta para piquenique, e por um momento, ali, à luz do sol do início da primavera, ela conseguiu se convencer de que não havia nada a temer – até escutar o som de botas marchando na direção deles. Ergueu os olhos e viu vários soldados de camisa marrom. Seu coração congelou de medo. Eram liderados por Valter Kroeling, que, é claro, voou até ela, seus olhos azuis aguados faiscando como se um fogo incessante queimasse dentro dele. A seu lado estava a mulher de cachecol vermelho, aquela a quem Mireille passara o recado sobre onde e quando Hitler estaria. Mireille sentiu que empalidecia. Entendeu de imediato. Segurou Valerie com mais firmeza do que o necessário, e a criança começou a chorar.

"O que significa isso?", perguntou Mattaus, levantando-se.

Kroeling virou-se para ele, franzindo a testa. "Eu é que deveria lhe fazer esta pergunta, Herr Fredericks."

Olhou para a mulher à sua esquerda, que estava com dificuldade em encarar Mireille. "Tem certeza de que é esta mulher?", perguntou a ela. A mulher não respondeu nada, e Kroeling vociferou: "Thérèse Castelle, devo lembrar que, se não responder, estará em risco".

A mulher levantou o queixo, as lágrimas escorrendo pelo rosto ao apontar Mireille: "É. Foi ela".

Valter Kroeling confirmou com a cabeça, comprimindo os lábios. Seus dedos tiraram do bolso um pedaço de papel dobrado. Estendeu o bilhete a Henrik Winkler, que olhou para o papel por um momento, depois confirmou. "*Arc de Triomphe, oui*. Exatamente como foi forjado..."

Valter Kroeling, então, sorriu para Mireille com relutância, embora ela pudesse ver a alegria escondida por detrás do sorriso.

"Mireille Dupont, sinto que nosso tempo terminou. Você é acusada de traição contra o próprio *Führer*, por passar mensagens sobre onde ele estaria – uma invenção, é claro", ele disse, permitindo-se um ligeiro sorriso. "O *Führer* não tem planos de vir novamente a Paris. Ele já deu sua volta da vitória, não há necessidade de voltar quando tem outros territórios a conquistar. Nesse ponto, você estava certíssima. Mesmo assim, mordeu a isca, e por isso creio que a sentença seja a morte."

"É ultrajante", disse Mattaus. "Do que você está falando? Traição contra o próprio Hitler? É algum esquema louco seu... Faz tempo que você anda atrás dela, e agora ficou completamente insano. Não vou deixar você se safar dessa."

Valter Kroeling deu uma risadinha. Mireille percebeu que ele esperava por esse momento havia um bom tempo; agora que havia chegado, aproveitava.

"Sou um homem paciente, Herr Fredericks, e demos a sua *esposa* tanta flexibilidade quanto possível. Mas, quando recebemos a informação de que ela estava, de fato, mandando mensagens para um bando de desmiolados que se intitula 'a resistência'", sua mão acenou em direção a Thérèse Castelle e ele soltou um pequeno bufo de desprezo, "tivemos que prestar mais atenção. Parece que isso vem ocorrendo há certo tempo, debaixo do seu nariz".

Ele sacudiu o bilhete que Mireille havia escrito.

"Essa é a letra dela, não é?"

Quando Mattaus não respondeu, Kroeling suspirou. "Acho que não faz diferença. É um caso muito claro."

Mireille ficou sem ar.

Kroeling estalou os dedos e um dos homens se adiantou para agarrá-la, arrancando o bebê dos seus braços. Valerie começou a gritar, como se sentisse que aquela era a última vez que veria a mãe, que sentiria o toque do seu abraço.

O bebê foi entregue a Dupont, que se apressou a pegá-la.

"Você não pode fazer isso", disse.

Kroeling olhou para ele, sentindo prazer em ferir o homem que, uma vez, o tinha atacado. "Já está feito."

Depois olhou para Mattaus e disse: "Infelizmente, não gosto de ver duas pessoas tão *apaixonadas* separadas, você também será preso, Herr Fredericks, uma vez que é responsável pelos atos da sua esposa e, portanto, considerado cúmplice. Temos isso aqui", ele disse, enfiando a mão no bolso interno da jaqueta e brandindo outro pedaço de papel dobrado, "esta é uma confissão do padre que casou vocês. Parece que você omitiu essa informação dos seus superiores. Assim, foi decidido que se você pôde manter em segredo seu próprio casamento, sabe-se lá o que mais está escondendo. Sua sentença é, logicamente... morte por fuzilamento. Se tiverem sorte, podemos dar um jeito de os dois irem juntos".

Os olhos de Mattaus reluziram com fúria e medo. "Você não vai levar nem a mim, nem minha esposa a lugar nenhum."

"Aceite, Fredericks. Acabou."

Outro homem se aproximou para agarrar Mattaus. Eles lutaram, e o soldado caiu quando Mattaus o atingiu no nariz, com o cotovelo. Valter Kroeling sacou sua pistola, mas Mattaus já tinha pegado a arma do soldado caído, e o tiro saiu como uma explosão. Kroeling dobrou-se ao meio, aos berros, suas mãos protegendo um ferimento sangrento na lateral do corpo, o rosto empalidecendo. No momento seguinte, dois tiros foram disparados, e, como se estivessem em câmera lenta, Dupont viu Mireille desmoronar, escorregando bem devagar, até ir ao chão. Chegou de joelhos, depois caiu, seus braços ainda se estendendo para a filha. Mattaus olhou atônito para a esposa. Gritou seu nome, mas nenhum som pareceu sair. Sua mão subiu em direção ao coração, que tinha começado a explodir de dor, e, ao tocar o peito, sentiu o escoar morno de sangue. Levantou os olhos e viu a pistola ainda fumegante na mão morta de Kroeling.

Cambaleou até Mireille, tocou em seu rosto e deitou-se ao lado dela. A última coisa que Mattaus viu antes de morrer foi o rosto da esposa.

✦ CAPÍTULO TRINTA E UM ✦

1963

"Ela foi traída", disse Valerie, finalmente. Eles estavam sentados em um banco, haviam feito uma parada ao longo da Rue des Oiseaux. Ela tinha desabado ali quando Dupont começou a lhe contar sobre o dia da morte dos pais. Houve um momento em que não quis ouvir mais nada, quis que ele parasse, mas uma parte dela precisava saber, precisava entender o que tinha acontecido.

"Ela morreu por nada", disse, olhando para o chão. "Arriscou tudo... e era só uma armação."

Quis explodir de raiva, gritar, achar os restos mortais de Valter Kroeling e esfacelá-los.

Dupont agarrou sua mão e a apertou. "Não, não foi por nada. Ela foi enganada sim, mas, se fosse verdade, poderia ter mudado o destino da guerra. Quando nos arriscamos, quando decidimos fazer a coisa certa, não sabemos se vai funcionar ou não; simplesmente temos que seguir em frente, fazer o que nos pedem. Ela foi corajosa, e isso jamais lhe poderá ser negado. No fim, foi assim que vencemos a guerra: correndo esses riscos. Como seu pai fez quando salvou Clotilde. Ele poderia ter sido morto se descobrissem."

Ela concordou e enxugou as lágrimas dos olhos. Imaginou que ele tivesse pensado nisso por um bom tempo. Ela também sabia que sua mãe ficaria satisfeita em saber que, tantos anos depois da morte do marido, seu pai realmente achava que Mattaus era corajoso e bom... Tinha pelo menos este desejo realizado no final.

Os dois caminharam juntos de volta para a livraria, de volta para casa.

✦ CAPÍTULO TRINTA E DOIS ✦

"VOCÊ ESTÁ GRÁVIDA?"

Valerie confirmou com a cabeça. Estava sentada em frente a Freddy no Cafe de Bonne Chance. Ouvia-se jazz, e no canto, uma linda mulher, de longos cabelos castanhos, ria.

"Tem certeza?"

"Acho que sim... Estou muito atrasada."

Freddy olhou para ela, os olhos arregalados. Seus dedos remexeram na parte de trás do cabelo. "Merda."

Ela suspirou baixinho. Não era assim que tinha imaginado a coisa. Fechou os olhos. Houve uma época em que tinha sido esperta. Antes de disparar para Paris, fingindo ser Isabelle Henry.

"Fenomenal. Obrigada, Freddy."

Ele riu. "Val."

Ela cruzou os braços. "Olhe, eu também não estou exatamente empolgada, mas..." Ele ainda sorria para ela, então ela disse, rispidamente: "O quê?".

"Bom, eu...", ele se remexeu na cadeira. "Eu vi isso hoje, na loja de penhores dobrando a esquina. Quero dizer, não é chamativo, nem nada, e comprei porque, sei lá, pareceu a coisa certa... Achei que poderia esperar um pouco, até ter um apartamento... e, com certeza, antes de você dizer *isso*."

"Do que está falando?", perguntou Valerie, que na verdade não estava prestando atenção em nada desde que ele dissera "merda" para a notícia de que ela estava grávida. Mesmo que, sem dúvida, *fosse* mais ou menos *merda* em termos de *timing*, mas... um bebê, bom, poderia ser...

"Val?"

Ela olhou para ele e piscou várias vezes. Lá estava um anel. Um lampejo de alguma coisa que brilhava.

"Quero dizer, vou te comprar um melhor quando estiver ganhando um dinheiro razoável para nós... mas... quer se casar comigo?"

"Ai, minha nossa, Freddy", ela disse, e caiu no choro.

Talvez tenha sido o pior pedido de casamento, mas um dos momentos mais românticos da vida dela, perdendo apenas para quando ele disse que a amava.

Ao chegar em casa mais tarde, naquela noite, encontrou Madame Joubert sentada no andar de cima com Dupont. Ao entrar, a conversa parou. Ela se sentou ao lado da mulher e disse: "Bom, imagino que agora todos saibam".

"É", disse Madame Joubert, sacudindo a cabeça com os olhos arregalados. "Posso te servir um pouco de vinho?"

Valerie bufou, negando. "Não posso beber... acho que não pelos próximos nove meses."

Os dois ficaram de boca aberta.

Madame Joubert teve um sobressalto. "Você está...?"

Valerie confirmou: "Grávida? Sim. E também...", ergueu a mão, "noiva".

Madame Joubert soltou um gritinho de empolgação, puxando Valerie para um abraço apertado, e as duas começaram a falar, animadas, sobre casamentos e flores. Valerie contou a ela como Freddy tinha ficado nervoso por não ter feito o pedido antes, porque agora todos pensariam que eles iriam se casar só porque ela estava grávida. Mas a verdadeira preocupação dela era a mansarda. "No momento, não podemos pagar por nenhuma outra coisa. Os aluguéis em Paris não são baratos, e Freddy é só um *freelancer*. Mas, se Deus quiser, logo ele conseguirá um trabalho fixo."

"Você acha que aqui ou na Inglaterra?", perguntou Madame Joubert.

"Não tenho certeza. Espero que aqui. Talvez na Inglaterra. Acho que faz mais sentido, mas... não sei. Ainda não decidimos."

Depois de algum tempo, Dupont se levantou. Parecia abatido, mas disse: "Te desejo tudo de bom, sinceramente. É uma boa notícia".

Valerie o observou arrastar os pés pelo corredor até seu quarto, o cenho franzido, os ombros mais caídos do que o normal. Voltou-se para Madame Joubert e perguntou: "Ele está bem?".

"Está. Só que é muita coisa para assimilar de uma vez, tenho certeza."

Valerie concordou. É, fazia sentido. Mas não conseguiu entender por que ele pareceu triste, de repente, quando parecia tão feliz antes.

"O que aconteceu quando você voltou da Espanha? Como acabou voltando a viver aqui?", perguntou Valerie naquela noite. Morria de vontade de saber a resposta para essa pergunta: a história de Clotilde e de como ela tinha voltado para Paris depois da guerra.

Madame Joubert tomou um gole de vinho e Valerie foi arrebatada de volta ao passado.

***

Clotilde viveu nas montanhas da Espanha por três anos, numa pequena aldeia com outros refugiados. Estava segura, livre, e também triste. Sentia saudades de Paris, das ruas, da delicada ondulação do Sena, da maneira como a luz passava de dourada a rósea ao refletir nos prédios à tarde. Ali era sua casa. Mas sua saudade era de um lugar que já não existia.

Soubera da morte de Mireille, por fim, através de um velho amigo, um relojoeiro homossexual chamado Michel Biomme, que um ano antes atravessara a fronteira sobre os Alpes apenas com as roupas do corpo. Ao se verem, ela imediatamente percebeu nos olhos dele que as notícias de casa eram ruins. Clotilde e Mireille eram amigas desde crianças, e por um longo tempo, depois de saber da morte de Mireille, Clotilde sentiu-se como se lhe faltasse ar. Era cruel demais ter de encarar que as duas pessoas que tinham se sacrificado tanto para garantir sua própria segurança haviam partido, enquanto ela estava ali.

Conforme os dias foram passando, ela refletiu sobre as outras coisas que Michel lhe contara. Que havia uma criança chamada Valerie, e que Monsieur Dupont tinha ficado sozinho para cuidar dela. Ele, o mais próximo que ela havia tido da figura de um pai. Precisava voltar a Paris por eles.

"Eu jamais voltaria, jamais, não depois do que aconteceu", disse Jean, uma velha judia que tinha passado oito meses em um campo de concentração antes de escapar e terminar ali, naquela pequena aldeia chamada Hela, no interior da Espanha. Jean e alguns outros chamavam o lugar de Inferno devido à falta de recursos e à inabilidade do governo em ajudá-los, quando havia tantos no mesmo barco.

"Eles não têm culpa do que aconteceu com a gente", dizia Clotilde.

"Não seja ingênua", replicou Jean. "Foi meu vizinho quem contou a eles que estávamos escondidos no sótão. Meu *vizinho*, Clotilde. Um homem que eu conhecia havia vinte anos. Cuidava dos filhos dele quando ficavam doentes. Cozinhei para eles, dei presentes de Natal – de *Natal*!", enfatizou. A data que os judeus não comemoram. "E mesmo assim, no fim ele decidiu que preferia ganhar dinheiro fácil dos alemães a proteger a gente. Eu não voltaria para lá nem que você me pagasse."

Muitos deles se sentiam da mesma forma: traídos por sua própria gente. Alguns, como Clotilde, eram mais filosóficos. Havia quem, como ela, tinha escapado graças à leniência e ajuda do inimigo.

"As pessoas se revelam na guerra", disse Jean.

Era verdade, pensou Clotilde. Às vezes, como no caso de Mattaus, o que há de bom vem à tona; às vezes, apenas a vontade de sobreviver, de alimentar uma família, pouco importa o que acarrete aos outros.

Clotilde não podia pensar nisso, não agora.

Levou duas semanas para viajar de volta. Esperou apenas o bastante para saber que a guerra estava totalmente acabada, então fez a pequena mala com a qual havia chegado e atravessou a fronteira.

As ruas de Paris estavam cheias de gente, soldados aliados por toda parte, um sorriso iluminando seus rostos. O nome de Charles de Gaulle era citado com frequência, com respeito. Por toda parte havia uma sensação de triunfo, de alegria. Finalmente tinha terminado.

Clotilde parou em frente à livraria. O vidro estava sujo, o letreiro dourado, embaçado. A loja estava fechada, o que nunca tinha acontecido num sábado, se não lhe falhava a memória.

Tocou a campainha, e levou certo tempo até ouvir passos e dar com Dupont à porta.

Seus olhos cresceram ao vê-la; ele pousou a cabeça em seu ombro largo e a apertou como se fosse uma filha. Quando se separaram, observaram os estragos deixados pela guerra. Dupont envelhecera dramaticamente: seu cabelo embranquecera e os ombros estavam começando a se curvar. Parecia um velho, embora tivesse apenas 55 anos. Os olhos estavam assombrados, perdidos.

"Você não precisava vir", ele disse.

"Precisava sim."

Clotilde não quis escutar os rumores sobre o que estava acontecendo nas ruas. Não significavam nada, insistiu, mas Dupont foi irredutível. "Estão chamando de expurgo, Clotilde. Lisette Minoutte foi morta com um tiro só por ter ajudado uma mulher que tinha dormido com um alemão a dar à luz. Era uma parteira experiente, pelo amor de Deus, e era sua vizinha. O que farão com as crianças?"

Algumas das crianças já estavam sendo rejeitadas por suas famílias. Dupont soubera de uma criança tão espancada que precisou ser levada ao hospital. Não era o que queria para Valerie.

Clotilde chegara tarde demais. Um dia antes, Amélie já tinha vindo buscar a criança.

Tiveram que fazer isso em segredo, porque os franceses estavam listando os nomes de todos os colaboradores, e ninguém tinha certeza de que seus filhos não acabariam nessas listas. Eles deveriam ser mandados para outro lugar, um lugar longe.

Dupont tinha feito Amélie prometer não lhe contar para onde havia se mudado. Assim, ele não poderia ir atrás delas.

***

Madame Joubert olhou para Valerie. "Fiquei devastada. Se tivesse chegado mais cedo, talvez eu mesma pudesse ter criado você, fingido que era minha filha... Mas era tarde demais, e não sabíamos por onde começar. Convencemo-nos de que você teria uma boa vida com Amélie. Era tudo que nos restava para nos agarrarmos. Espero que consiga me perdoar."

Valerie pegou a mão dela e mordeu o lábio, as lágrimas escorrendo pelo rosto ao se dar conta: "Você voltou por minha causa".

Ela fez que sim com a cabeça.

✦ CAPÍTULO TRINTA E TRÊS ✦

O GATO DA LIVRARIA ESTAVA deitado em sua mesa, e Valerie endireitou o corpo para redistribuir seu peso. Estava desconfortável, não importava a maneira como se sentasse. Sua gravidez tinha começado a aparecer, e os pés pareciam dois sanduíches de presunto em suas sandálias masculinas nada elegantes. Mesmo assim, ela não ia deixar Dupont se safar com sua última réplica.

"Você está falando sério? Não pode pôr alguém para fora da loja só por não gostar de *Um conto de duas cidades*."

"Posso sim."

"Não, não pode."

A voz de Freddy interrompeu. "Achei o livro sentimental. Me desculpe, monsieur."

Ela percebeu que ele estava se divertindo. Particularmente, estava um pouco preocupada que os dois realmente acabassem se matando, agora que Freddy tinha se mudado para lá.

Finalmente, após duas semanas de um silêncio taciturno e malhumorado, seguido à notícia de que Valerie estava grávida e de que ela e Freddy iriam se casar, Madame Joubert deu um basta. Foi ela quem sugeriu a Dupont que oferecesse a Valerie e Freddy que fossem morar lá, com ele.

Valerie olhou para Madame Joubert e gaguejou: "Madame... Acho que Monsieur Dupont não iria querer todos nós aqui, invadindo a vida dele...".

O avô olhava para ela com uma expressão estranha no rosto.

"Você não quer morar com ele?", perguntou Madame Joubert. "Não gosta de trabalhar aqui, de viver em Paris?" Deu uma tragada no cigarro, o olhar fixo, sondando.

"Claro que quero, *adoro* aqui! Mas é pedir demais, e não quero ser um peso."

"Pff!", explodiu Dupont. As duas se viraram para ele. "Que peso? Eu tenho espaço, gosto de trabalhar com você. Além disso, não suporto a ideia de você vivendo naquele pulgueiro em Montmartre com a minha bisneta..." Ele estremeceu, e então começou a sorrir lentamente.

"Jura?", perguntou Valerie, crescendo os olhos, o peito enchendo-se de esperança com a possibilidade. Tudo o que havia dito era verdade. Gostava mesmo de lá, e não estava pronta para voltar para a Inglaterra, pelo menos não ainda.

Dupont olhou para ela, depois para Madame Joubert. Sua expressão continha algo que, de início, ela não reconheceu, mas depois entendeu. Era gratidão. Era esse o motivo de ele andar tão mal-humorado nas últimas semanas, e, ao perceber isso, ela ficou mais comovida do que podia suportar. Ele pensava que Valerie iria *embora*.

Clotilde se levantou e o abraçou, segredando: "Talvez seja hora de nós dois começarmos a acreditar em segundas chances e finais felizes".

Ele concordou com lágrimas nos olhos. Depois, beijou o alto da cabeça dela, e demorou um bom tempo para soltá-la.

⤖ CAPÍTULO TRINTA E QUATRO ⤖

Atualmente

A noite tinha passado de rósea e dourada a um azul profundo, escuro e esfumaçado. Pela janela, elas podiam ver as estrelas surgindo enquanto o alto-falante anunciava que a próxima parada seria Paris.

Annie ficaria espantada ao notar que as lágrimas haviam deixado vestígios de rímel em seu rosto.

Havia muito que Valerie Lea-Sparrow, a velha a seu lado, passara de estranha a amiga, à medida que dividia sua história.

Annie se levantou para pegar a mala azul-cobalto de Valerie, a mesma que horas antes havia ajudado a guardar, e observou enquanto ela a abria para expor as coisas sobre as quais contara. O velho romance, *O jardim secreto*, com o "G" desbotado carimbado na folha de rosto, agora com mais de 70 anos. Um retrato de Freddy, bonito e garotão, com o cabelo despenteado e o sorriso atrevido, uma máquina de escrever no colo, um cigarro pendendo entre os lábios. Havia até uma fotografia de Dupont em uma escrivaninha bagunçada, um menino de cabelo rebelde sentado em seu colo.

"O que aconteceu depois?", perguntou Annie, querendo, precisando saber como as coisas tinham transcorrido.

Valerie olhou para a última foto com ternura, e disse: "Cuidamos da Gribouiller, juntos, até ele morrer, aos 84 anos. Freddy e eu continuamos vivendo no apartamento, onde criamos nossos dois filhos: um menino chamado Vincent e uma menina chamada Mireille, em homenagem a minha mãe. Voltamos para a Inglaterra quando ele conseguiu um trabalho de produtor para a BBC, mas mantivemos o apartamento. Ainda o tenho. Freddy morreu quatro anos atrás. Pegou uma infecção nos pulmões e foi-se em pouquíssimo tempo, mal pude me preparar." Valerie e Annie estavam com lágrimas nos olhos. "Mas ele não sofreu, o que imagino que, no final, seja uma bênção."

Quando o trem parou na estação, a velha se levantou, enrolou-se num xale de caxemira e, com a ajuda de Annie, saiu da estação. Olhou para seu reflexo na janela, e por um breve momento viu uma moça com longos cabelos loiros e uma mala surrada aos pés. Ergueu o queixo, lembrando, como se lembrara na época, o que havia dito a si mesma: *coragem*. Era tudo que precisava agora.

Duas semanas depois...

Ficava encravada entre um bistrô e uma floricultura, uma lasca de loja na Rue des Oiseaux, a rua dos passarinhos. Viu o letreiro dourado esmaecido e girou a velha maçaneta de latão. O sino da loja tilintou e Annie entrou. Seus olhos maravilharam-se com as estantes superlotadas, as pilhas de livros em brochura pelo chão, a grande escrivaninha bagunçada no canto, completa com o gato preto e branco da livraria. Sentiu um misto de excitação e nervosismo. Não conseguia acreditar que estivesse realmente *ali*. Perguntou-se se sua mãe sentiria orgulho por ela finalmente fazer algo que sempre dissera que gostaria de fazer um dia.

Um raio de luz entrou pela porta aberta e incidiu sobre a velha sentada atrás da mesa. Havia um charuto em sua boca, apagado, e, ao ouvir o sino, ela levantou os olhos com um sorriso, o tipo de sorriso que transformava desconhecidos em amigos. Franziu o cenho e perguntou: "Annie?".

"Oi", disse Annie, com um sorriso nervoso nos lábios, ao seguir em frente e estender um pedaço de papel. Tinha parecido um sinal quando leu no *Le Monde*, naquela manhã. Quando decidiu que, talvez, como certa mulher que viera a conhecer, coragem e um novo começo em Paris eram exatamente do que precisava. Mordeu o lábio e disse: "Vim pelo cargo que vi anunciado... para *livreira*".

Valerie olhou para ela por algum tempo, depois se levantou e soltou uma risada rouca.

"Eu pressenti isso. Pode me chamar de louca ou velha", disse, sacudindo a cabeça. Seus olhos faiscavam ao subir a escada com Annie. "A função não paga muito bem, mas tem um quarto com uma *chaleira*."

✦ NOTA DA AUTORA ✦

ESTA HISTÓRIA FOI INSPIRADA por um artigo que li no *Independent*, chamado "A França finalmente reconhece seus filhos da guerra".

Na França, durante a Segunda Grande Guerra, duzentas mil crianças nasceram da união de soldados alemães com mulheres francesas. Quando a guerra terminou, as mulheres desses relacionamentos foram tratadas como "colaboradoras", muitas delas sendo presas, executadas e humilhadas, tendo suas cabeças raspadas e sendo expostas pelas ruas de Paris, perante multidões furiosas. O estigma de ser fruto dessa união permitiu que, por algo de que não tinham culpa, algumas dessas crianças fossem estigmatizadas, banidas e ridicularizadas. Tanto que muitas delas, quando puderam, recorreram a parentes alemães, e foi ali que algumas foram acolhidas.

A Ocupação, no entanto, foi uma história de sobrevivência. A cidade de Paris foi, de fato, abandonada pelo governo, e, em várias circunstâncias, suas mulheres se viram sós, tendo que se defender. Algumas foram estupradas e torturadas, e muitas resistiram. Algumas, de fato, apaixonaram-se, outras dormiram com soldados para melhorar sua situação e a de seus filhos. Em meio a tudo isso, tentaram lidar com uma situação muito injusta, tentaram sobreviver.

Não me propus a escrever um romance entre um oficial alemão e uma francesa. Mattaus apareceu, então comecei a imaginar como seria se um oficial como ele começasse a questionar as práticas do seu governo, e o que isso poderia significar. Contudo, a trama central nasceu desta pergunta: o que um pai, uma mãe, um avô ou uma avó fariam se soubessem que poderiam poupar a criança da dor de ser ridicularizada e rejeitada por algo do qual não tinham controle?

Devo notar, no entanto, que os alemães não eram os únicos a gerar filhos em território inimigo. Na verdade, estima-se que duzentas e cinquenta mil crianças foram geradas por soldados aliados com mães alemãs durante a Segunda Grande Guerra, e muitas delas não tinham ideia de quem fosse o pai, sendo estigmatizadas por sua própria comunidade. Tocar nesse assunto permanece difícil em ambos os lados. É verdade o que Valerie diz no começo da história: "O que muitos homens não perceberam depois de travarem todas essas guerras é que, no fim, não existem verdadeiros vencedores; existem apenas vítimas, e elas continuam aparecendo muito tempo depois da guerra". Para os filhos dessas guerras, que suportaram suas cicatrizes psicológicas, isso continua verdadeiro.

Para os objetivos desta história, alguns dos acontecimentos e a escala de tempo foram ligeiramente alterados, tais como o uso obrigatório da Estrela de Davi, que não ocorreu tão rapidamente como foi retratado no romance. Da mesma forma, a patente de um médico graduado, embora tecnicamente um "capitão" na Wehrmacht, não exerceria uma posição de autoridade no exército, fora do corpo médico.

⇥ AGRADECIMENTOS ⇤

AGRADEÇO, COMO SEMPRE, à minha incrível editora, Lydia Vassar-Smith, cuja perspicácia e entusiasmo por este livro tornou sua escrita uma alegria. Não poderia tê-lo feito sem você.

Agradeço a meu marido, Rui, sempre paciente e com um plano de ação na manga quando luto contra sentimentos de impotência, certa de que perdi a capacidade de escrever romances; a mamãe, papai e todo o clã Bradley e Valente, por todo seu amor, apoio e incentivo.

Também agradeço à fabulosa equipe Bookouture, Kim Nash, Alexandra Holmes, Natalie Butlin e o restante desse time brilhante, por sempre ir muito além do esperado.

Agradeço ainda, imensamente, a meus queridos leitores, que tornam este ofício o melhor trabalho do mundo.

Todos os erros são, logicamente, de minha responsabilidade.

Leia também

A filha de Auschwitz
Lily Graham (autoria)
Elisa Nazarian (tradução)

Em 1942, Eva Adami embarca em um trem para Auschwitz. No vagão, quase incapaz de respirar e exausta por ficar em pé durante dois dias, ela só consegue pensar em seu tão esperado reencontro com Michal, seu marido, que foi enviado para lá seis meses antes. Mas, quando Eva chega ao campo, percebe que a chance de reencontrá-lo é mínima, e sobreviver à terrível realidade pode ser seu maior desafio.

Com o passar dos dias, Sofie, sua colega de beliche, torna-se sua grande confidente, e as duas mulheres compartilham histórias e sonhos em comum: Eva encontrará Michal vivo, e Sofie conseguirá ter seu filho de volta.

Porém, quando Eva descobre que está grávida, sua sobrevivência corre ainda mais perigo e as duas se unem para proteger uma à outra, caso o pior aconteça. Sofie e Eva estão determinadas e se agarram à última esperança: as crianças permanecerão vivas e serão responsáveis por contar a trajetória de suas mães.

A filha de Auschwitz é um romance comovente sobre a resiliência das mulheres diante da crueldade dos campos de concentração na Segunda Guerra Mundial. Uma história sobre a força da amizade e de como a esperança pode ser mantida nos tempos mais sombrios.

Este livro foi composto com tipografia Adobe Garamond Pro
e impresso em papel Off-White 70g/m² na Formato Artes Gráficas.